찬란한 제국

찬란한 제국

박영옥 소설

씨네스트

이야기의 배경 및 설정

시대적 배경

서기 513년~ 서기 555년

원종(법흥왕. 신라 23대 왕)즉위 1년 전~ 삼맥종(진흥왕. 신라 24대 왕)재위 16년

극적인 재미를 위한 설정

* 역사상, 진흥왕(삼맥종)은 지소태후와 그녀의 숙부인 입종(법흥왕의 동생)의 아들이라 기록되어 있지만, 이야기 속에서는 진흥왕의 친부를 이사부로 설정하였다.

* 연화(지소의 언니)와 그녀의 딸 가희(가야의 왕자비)

는 가상의 인물이다.

* 위화랑은 내물왕 3남 파호의 증손이지만, 이야기 속
에서 내물왕계가 아닌 것으로 설정하였다.

* 금관가야는 제10대 왕 (재위:521~532년)인 구형왕
을 끝으로 역사 속에서 사라지지만, 이야기 속에서
는 금관가야의 패망을 534년으로 설정하였다.

* 서기 551년 신라와 백제의 연합군이 한성과 한수
(한강)일대를 차지한 것으로 기록되어 있지만, 이야
기 속에서는 관산성 전투에서 백제 성왕이 전사한
사건과 같은 해인 554년으로 설정하였다.

이야기 속에 등장하는 인물들

★ 지소

원종(법흥왕)과 보도(왕후)의 차녀이자 삼맥종(진흥왕)의 모친이다. 신라의 공주로 태어나 모든 역경을 딛고 스스로 왕태후가 되어 천하를 호령했던 인물이다. 수줍은 소녀에서 아들을 지키기 위해서라면 암살도 서슴지 않는 강인한 여인으로 거듭난다. 아들 진흥왕이 신라의 황금기를 열어갈 수 있도록 왕실의 주력세력을 모두 몰아낸다.

★ 이사부

지소의 첫사랑이다. 삼맥종(진흥왕)의 친부이자 내물 왕계로 '칠성' 중 막내이다. 병법에 능한 지략가로 대 신라 통일제국 건설의 깃발을 치켜 세운 대장군이다. 사랑

하는 여인과의 생이별이 그를 강인한 인물로 만들었다.

★ 연화

원종(법흥왕)과 보도(왕후)의 장녀로 지소의 언니이다. 신탁의 저주를 피해 이사부와 궁을 떠나 백년해로 언약을 맺지만 끝내 비극적인 운명을 맞이한다.

★ 가희

이사부와 연화의 딸이자 가야 무력왕자의 비이다. 가야왕실에서 남부러울 것 없이 자란 사랑스런 왕자비이지만, 가슴 한편에는 얼굴도 모르는 친모에 대한 사무친 그리움을 상처로 간직하고 있다.

★ 무력

연화의 딸인 가희를 비로 맞은 가야의 마지막 왕자이다. 지소의 계략에 걸려들어 신라에 볼모로 남는 인물이다. 가희의 복수를 위해 전장에 뛰어들어 신라의 영웅이 되지만, 그의 생사는 지소에게 달려있다.

'칠성'[2]

☆ 1성 원종(법흥왕)

---

2) 이사부를 포함한 소지왕의 양자 7명을 말한다

지소의 부친이자 내물왕계로 신라 23대 왕이다. 신탁의 저주에서 벗어나는 유일한 방법은 불가로 들어가는 길 뿐이라고 생각하는 인물로 평생을 불안과 악몽에 시달리는 힘없는 왕이다.

☆ 2성 위화랑

비내물왕계로 원종의 후궁인 옥진의 부친이다. 호시탐탐 왕좌를 노리는 야망있는 인물이다. 거칠고 독단적인 성격의 소유자이지만, 준정원화에게만은 약하다. 지소에 의해 '화랑도'의 수장, 1대 풍월주가 된다.

☆ 3성 융취공

위화랑과 만찬가지로 비내물왕계로 눈치를 보며 중립을 지키는 인물이다.

☆ 4성 비량공

비내물왕계의 인물로 위화랑의 오른팔이다.

☆ 5성 아시공

비내물왕계의 인물로 위화랑의 왼팔이다.

☆ 6성 수지공

비내물왕계로 위화랑에게 반기를 드는 인물이

다. 위화랑의 딸이자 원종의 후궁인 옥진과 손을
잡고 권력 찬탈을 노리는 인물이다.

☆ 입종

원종(법흥왕)의 동생으로 지소의 숙부이자 남편이다.
너무나 허약한 몸을 소유하고 있지만, 원종에게 복종하
는 인물이다. 약조차 제대로 쓸 수 없는 약한 몸으로 합
방이 불가하다.

☆ 준정

신라의 원화이자 위화랑의 색공녀이다. 빼어난 미색으
로 위화랑의 마음을 쥐고 흔든다. 무희 출신으로 원화가
된 인물이다.

☆ 남모

원종(법흥왕)과 후궁 보과의 딸로 신라의 원화이다. 지
소에 의해 독살당하는 인물이다. 남모의 죽음은 신라,
백제, 고구려 삼국의 전쟁으로 번지는 불씨가 된다.

☆ 옥진

위화랑의 딸이자 원종(법흥왕)의 후궁이다. 수지공과
손을 잡고 아들 비대군의 섭정권을 손에 넣으려는 인물

이다.

☆ 삼맥종(진흥왕)

지소와 이사부의 아들로 신라 24대 왕이다. 이야기 속에서는 티끌의 오점도 남기지 말아야할 천자의 운명을 가진 존재로 만들어진다. 그로 인해 지소가 복중에 품었을 당시, 친부가 뒤바뀐다. 역사에는 지소가 숙부 입종의 씨로 낳은 아들로 기록되어 있다.

☆ 운풍

원종(법흥왕)이 지소에게 붙여준 검객이다. 지소의 그림자 같은 존재로 지소에게 연민 이상의 감정을 느끼는 인물이다.

☆ 비대

전군. 원종(법흥왕)과 후궁 옥진의 아들이다.

☆ 보도 (왕후)

원종(법흥왕)의 왕후로 지소의 모친이다. 소지왕의 딸이다.

☆ 보과

원종(법흥왕)의 후궁으로 남모원화의 모친이다. 백제 동성왕의 딸이다.

☆ 소지왕

신라 21대 왕으로 보도(왕후)의 부친이다.

☆ 지증왕

신라 22대 왕으로 원종의 부친이자 소지왕의 6촌 동생이다.

☆ 구형왕

가야 10대 왕이자 마지막 왕으로 무력의 부친이다.

☆ 계화

가야 구형왕의 왕후로 무력의 모친이다.

☆ 성왕

백제 26대 왕으로 창의 부친이다.

☆ 창

백제 왕자로 성왕의 아들이다.

인물관계도

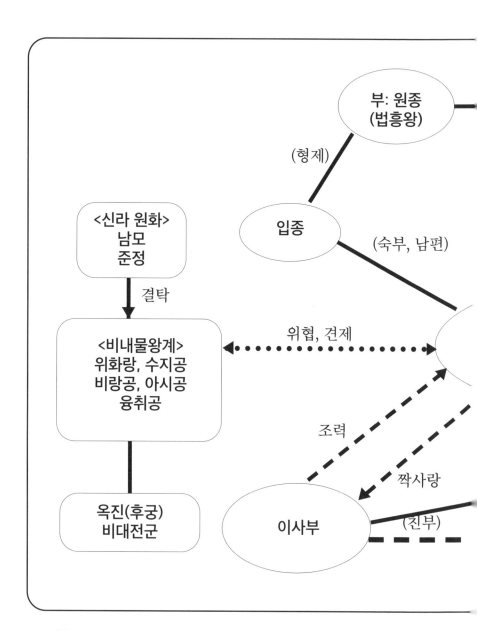

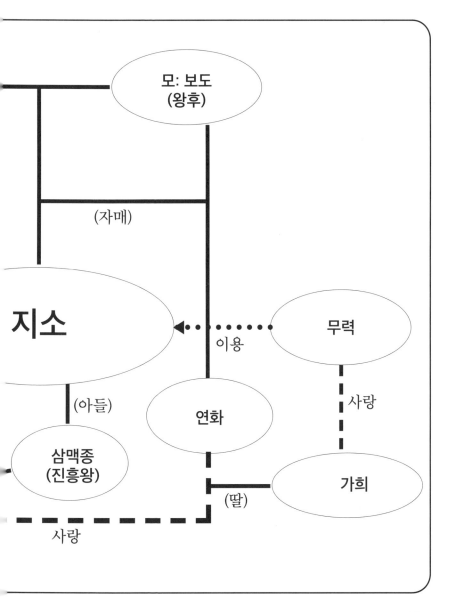

차 례

프롤로그

진흥왕 16년(서기 555년) 정월 초하루 전날 밤. 신
라 영흥사

작고 허름한 방안, 초라한 행색의 비구니가 호롱불빛
가까이 금띠 둘린 서찰을 펼친다. 대 신라 제국의 왕태
후, 천하를 호령했던 지소태후이다.

發生雖帝力, 亭育本坤元. 欲識東朝眉壽慶, 萬年天子手稱觴.
**나타나는 건 비록 왕(帝)의 힘이지만, 키우는 건 바로
곤원(坤元, 왕을 키워낸 태후를 뜻한다.) 이다.**
**동조(東朝)의 수(壽)를 경하하기 위해 만년천자(萬年天
子)가 잔을 올린다.**[2]

2) 《동국이상국전집》17권에서 발췌. 고려시대 태후전 춘첩자(春帖子) 문장 일부를 인용했다.

풍경소리가 잔잔하게 울렸다. 인기척에 놀란 지소가 자리에서 일어났다.

"누가 온 것이냐?"

새하얀 눈이 펑펑 내리는 앞뜰에 무력이 무릎 꿇고 있었다.

"태후마마……."

무력은 기다렸다는 듯이 바로 바닥에 납작 엎드렸다.

그의 앞에 놓인 핏자국으로 붉게 물든 보검을 본 순간, 지소가 휘청거렸다. 이사부의 죽음을 의미했다.

"그…… 그리 되었습니까?"

지소의 음성이 떨렸다. 그녀는 힘없는 손으로 기둥을 짚었다.

"마마…… 신의 목을 거두어 주소서."

무력이 머리를 더 깊이 조아렸다.

"원컨대, 저의 목을 거두시어 목숨으로 맹세한 충성 다할 수 있도록……."

"그만! 그만 하세요."

그리고 지소는 잠시 말이 없었다. 감정을 추스른 그녀가 다소 차분해진 음성으로 말을 이었다.

"내 어찌 왕자의 심정을 모르겠습니까. 그대도 이제 그만 쉬도록 하세요. 가야로 돌아가세요, 비가 묻힌 그곳으로요……."

무력이 고개를 들자, 지소가 끄덕였다.

"성은이……, 성은이 망극하옵니다, 태후마마……."

무력의 족쇄가 풀리는 순간이었다.

* * *

무력은 곧장 가야로 향했다. 뚜-드럭 뚜-드럭……. 말발굽 소리는 힘이 없었다. 무력이 하염없이 눈 내리는 밤하늘을 올려다보는데, 그의 뒤에서 활시위가 팽팽하게 당겨졌다.

위화랑 보시오.

20년 전, 공께서 쓰신 충성맹세를 잊지 않으셨겠지요.

대 신라국의 존망과 폐하의 안위가 달린 사안이니 은밀히 신중을 기하여 처리해 주셔야 합니다.

증거로 무력이 차고 있는 목걸이를 가져오세요.

날아간 화살이 무력 등에 꽂히고, 그가 말에서 떨어졌다.

위화랑은 무력이 차고 있는 목걸이를 툭! 잡아 뺐다.

＊

겨울밤이 깊어갔다.

툇마루에 선 지소는 돌아가는 위화랑의 뒷모습을 지켜봤다. 그가 시야에서 사라지고 한참 후에야 그녀는 떨리는 손으로 반쪽 옥패 두 개를 맞춰보았다. 마당에 소복이 내려앉은 눈꽃을 바라보는 그녀의 주름진 눈가에 눈물이 흘러내렸다······.

'어차피 사라질 진실 따윈 이 어미가 짊어지고 갈 것입니다······.'

1. 신탁의 저주

서기 513년, 원종(법흥왕) 즉위 1년 전.

몇 날 며칠 그치지 않는 눈으로 하얗게 뒤덮인 궁 안은 유난히 고요했다.

이사부와 연화(지소의 언니)가 원종의 부름에 처소를 찾았다.

"소지선대왕께서 왕위계승에 대한 하늘의 뜻을 묻고자 천제를 지내시던 일을 기억합니까?

원종이 수심에 찬 얼굴로 이사부에게 물었다.

"예? 예……. 그날 밤, 유성이 떨어지던 모습이 아직도 생생합니다."

영문을 모르는 이사부와 연화는 의아한 표정으로 원종

을 응시했다.

"소지선대왕께서는 신탁에 따라 상왕폐하(지증왕)께 왕위를 물려주셨지요.[3] 허나 폐하께선 줄곧 악몽에 시달리셨고…… 결국, 그 신녀를 궁 밖으로 내치셨어요. 하지만 이후로도 원인을 알 수 없는 지병으로 고통 속의 나날을 보내셨어요. 특히나 요사이 폐하의 병환이 심해지고 계십니다. 만일 폐하께서 오래 버티지 못하신다면……."

"형님……!"

'왕위는 원종형님이 이을 것이 자명하다…….'

'칠성 중 누구하나 북두성이 된다면 왕실에 피바람에 몰아칠 것입니다!'

신녀의 저주 섞인 음성이 귓가에 맴돌았다. 이사부는 원종이 이을 말을 예감했다. 원종도 이사부도 불안감에서 벗어날 길은 없었다.

"이사부, 내 자네에게 연화를 부탁하려 합니다. 만일 신탁이 망언으로 밝혀진다면…… 그때 다시 부를 터, 연

---

3) 소지왕이 마복자로 들인 '마복칠성' 중 원종을 사위로 삼고 왕위를 물려주려 하였으나, 신탁으로 인해 원종의 부친인 지대로(지증왕. 소지왕의 6촌 동생)가 왕위를 이었다. 마복자는 임신한 여자가 보다 높은 지위의 사람을 섬겨 낳은 아들을 말한다.

화와 함께 아슬라주[4]로 곧장 떠나도록 하세요."

"아버님!"

원종은 연화의 시선을 피해 지그시 눈을 감았다.

* * *

보도부인의 처소로 향하는 원종의 발걸음이 무거웠다. 보도는 난산으로 지소를 낳은 이후 몸을 회복하지 못하고 줄곧 병상에 누워 지내왔다. 며칠 전까지만 해도 새봄이 오면 화원으로 꽃구경을 가고 싶다며 화색을 드러냈던 터라, 오래 버티지 못할 것이라는 태의의 말은 믿고 싶지 않았다.

처소 앞에 다다르자, 안에서 심한 기침 소리가 났다. 원종이 다급히 문을 열라하고 들어서자, 보도가 힘겹게 몸을 일으켰다.

"그냥 누워 계시지 않고서요……."

원종은 들고 간 탕약 사발을 얼른 내려놓고 보도를 부축했다.

----
4) 지금의 강릉. 이사부가 우산국(울릉도)을 정벌한 공으로 이곳의 군주가 되었다. (역사상 512년)

"송구하옵니다. 이런 모습으로…… 콜록! 콜록!"

보도가 흐트러진 머리를 가다듬었다.

"괜한 말씀을 하십니다. 어서 털고 일어나셔야지요."

원종이 탕약 사발을 내밀자, 그녀는 고개를 가로저으며 되레 편안한 미소를 지어 보였다.

"헌데…… 연화가, 우리 연화가 이사부와 함께 떠난다고요?"

원종이 고개를 끄덕였다.

"연화를 꼭 그 먼 땅으로 보내셔야겠습니까?"

"……."

"불안해 그러십니까?"

보도는 원종의 답을 조용히 기다렸다.

그때였다.

"어머님, 지소이옵니다."

어린 지소의 손에는 다과상이 들려 있었다.

"다, 다음에 들리도록 하세요."

보도의 대답에 이어, 원종이 헛기침으로 인기척을 냈다.

"예? 예, 어머님……."

지소가 당황하여 얼른 답하고는,

'아버님…… 소녀 물러가겠습니다.'

속으로 삭이듯 작은 소리로 중얼거리며 돌아서려는 찰나, 문틈에서 보도의 음성이 새어 나왔다.

"왜 그리도 지소를 멀리하시는 겁니까?"

보도는 오랜 세월 단 한 번도 물은 바 없었다. 그저 안타깝게 여겨왔을 뿐.

문밖, 지소는 그대로 멈춰서 문틈 사이로 귀를 기울였다.

"제 배속으로 낳은…… 공의 친딸입니다. 소지선대왕 폐하의 외손녀이고요."

원종이 보도의 말을 잘랐다.

"암요. 압니다, 부인……."

"헌데요?"

보도는 다소 나무라는 어조로 원종을 재촉했다.

"지소는……."

하고 멈춘 원종의 시선이 천정을 향했다.

그는 깊은 숨을 한번 내쉬더니 뭔가 결심한 듯 마른 입술에 침을 한번 묻히고서 다시 말을 이었다.

"지소는 소지선대왕께서 신탁을 받으시던…… 그날 밤, 유성이 떨어지는 불길한 징조와 함께 태어난 아이입니다."

"예? 지, 지금 무슨 말씀을……."

굳어버린 보도의 어깨에 원종의 팔이 감겼다.

"예……, 맞습니다. 그 불길한 기운으로 태어났어요."

*

순간, 문밖에서 엿듣고 있던 지소가 다과상을 떨어뜨릴 뻔했다. 다리에 힘이 풀려 서 있기조차 힘들었다. 지소는 작은 두 손으로 다과상을 꼭 쥔 채 긴 복도를 한발 한발 걸어갔다.

*

"하여, 지소의 탄생을…… 동이 틀 때까지 함구하라 하셨습니까?"

"……."

원종은 대답 대신 보도의 손을 잡았다.

"왜 진즉…… 말씀해 주시지 그러셨어요……, 콜록!"

기침이 다시 시작되었다. 통증이 심해진 듯 보도가 가

슴을 움켜쥐었다. 원종은 보도가 기댈 수 있도록 좀 더 밀착해 가슴을 내어주었다. 보도는 자연스레 그의 품에 안겼다.

"부인의 건강이 회복되면 알려드리려 했어요. 미안합니다."

원종이 눈물을 글썽였다. 보도의 눈에도 눈물이 고였다.

"그동안 홀로 감내하느라 얼마나 힘드셨습니까."

보도는 미안한 마음에 얼굴을 들 수가 없었다. 그간의 오해와 서운함을 한차례 눈물로 씻어낸 보도가 다시 원종에게 시선을 맞추고 입을 열었다.

"지소가 두려우셨습니까?"

원종은 더는 숨길 것이 없다는 듯이 바로 고개를 저으며 대답했다.

"아닙니다, 아니에요. 되레 지소에게 화가 미칠까…… 그것이 두려웠습니다. 지금도 두렵습니다."

"가여운 내 딸…… 평범히 태어났더라면…….."

"제가 죄인입니다. 제가 부덕한 탓이에요."

보도는 가슴을 쥐어짜듯 움켜쥐며 흐느꼈다.

＊ ＊ ＊

8년 전. 신라 서남산 신궁

"하늘님이시여!"

쩌렁쩌렁한 음성이 신궁[5) 마당에 울려 퍼졌다.

"하늘님께 묻습니다!"

제단 앞에 선 신녀가 하늘을 떠받치듯 두 팔을 쳐들었다. 캄캄한 밤하늘에 수많은 별들이 반짝였다. 그 중, '북두칠성'이 유달리 빛났다.

신녀 뒤로 소지왕과 원종, 이사부, 조금 더 뒤로 위화랑, 융취공, 비량공, 아시공, 수지공이 일제히 제단을 향해 합장하여 허리를 굽혔다. 신녀가 합장하고 천천히 제단 위로 올라가 성수반(성수를 담는 옥그릇)에 비친 별들을 관찰하기 시작했다.

조금 뒤,

"천주(제를 주관하는 사람)는 신탁을 전하라!"

소지왕의 명이 떨어지자, 시선이 모두 신녀에게로 쏠

---

5) 신라시대에 시조(始祖)를 제사하던 곳이다. 신라의 도성인 월성의 남쪽 서남산에 위치해 있었다.

렸다. 신녀는 머뭇거렸다.

"어서 폐하께 고하시게."

원종이 나지막한 목소리로 재촉했다.

"······."

"하늘의 뜻이 무엇인가?"

소지왕이 재차 묻자, 신녀가 고개를 돌렸다.

"폐하······."

음성이 심상치 않았다. 순간 불길함이 엄습해왔다.

"폐하께옵서 양자로 맞이하신 일곱명의 공자님들 모두······ 북두성이 되실 수 없습니다."

"뭐라!"

소지왕은 믿을 수가 없었다. 하늘의 뜻을 묻는 자리이긴 하나, 응당 왕위계승은 양자 중 맏이이자, 사위인 원종이어야 했다. 뭔가 잘못되었다는 의심의 눈초리로 신녀를 쏘아봤다.

"대체 그 무슨 망언을 하는 겐가!"

불같은 호통에도 신녀는 눈썹 하나 꿈쩍하지 않았다. 신녀는 되레 위세 당당했다.

"칠성의 빛이 하나가 되어······."

신녀의 예사롭지 않은 눈빛이 '마복칠성'[6] 공자들을 한 명씩 훑어 지나갔다.

"북두를 비칠 때만이…… 대 신라국의 앞날이 밝을 것이옵니다."

신녀와 차례로 눈이 마주친 공자들이 당황하여 동공이 흔들렸다.

"아, 정녕 그것이 하늘의 뜻이란 말인가……."

소지왕이 탄식하듯 중얼거렸다.

신녀는 더욱 목에 힘을 주어 위엄을 뿜었다.

"그 중, 누구 하나 북두성이 될 시에는…… 왕실에 피바람이 몰아칠 것입니다!"

신녀의 시선이 원종에게서 멈췄다. 원종은 광기 서린 신녀의 눈빛에 그대로 얼어붙었다. 그 누구도 저주와도 같은 발언에 쉽사리 입을 열지 못했다. 써늘한 바람 소리가 신궁 마당을 휘감았다.

그때, 이사부가 원종의 옷자락을 잡아당겼다. 그리고 손끝으로 하늘을 가리켰다. 별 하나가 길게 포물선을 그

---

6) 직계손이 끊긴 소지왕이 양자로 들인 마복자(摩腹子) 7명을 일컫는 말이다. 《화랑세기》1세 위화랑 조에 의하면, 마복자(임신한 여자가 보다 높은 지위의 사람을 섬겨 낳은 아들)를 양자로 들이는 풍습이 있었다고 한다.

리며 떨어지고 있었다. 그 끝은 궁이 있는 북동쪽 월성을 가리켰다.

"신탁을 받는 자리에서 별이 떨어지다니……."

"이건 분명 불길한 징조가 아닌가?"

모두가 하늘을 올려다보며 웅성거리고 있을 때, 보도 부인의 처소나인이 다급히 원종에게 달려와 주위를 살피며 은밀하게 고하였다.

"참으로 힘든 난산이었습니다. 하지만 다행히 둘째 따님(지소)은 건강하십니다."

당황한 원종이 다시 주위를 살폈다.

그러고는 얼른 나인에게 눈짓하자 나인이 급히 자리를 떴다.

원종의 낯빛은 점점 어두워졌다.

다시, 513년.

지소는 넋이 나간 채 이리저리 궁을 배회하고 있었다.

'유성이 떨어지는 불길한 징조에 태어난 아이입니다.

그 불길한 기운으로 태어났어요.'

저주와도 같은 원종의 음성이 귓가에서 떠나지 않았다. 도저히 믿어지지 않는, 믿고 싶지 않은, 하지만 분명히 들었다. 지소는 주체할 수 없이 혼란스러웠다. 듣지 않았다고 부정하고 싶었지만 부정할수록 더욱 선명하게 머릿속을 맴돌았다. 고개를 들어 하늘을 올려다봤다. 하늘님을 원망하고 싶었다.

새하얀 눈이 얼굴로, 눈가로 떨어져 눈물과 뒤섞여 녹아내렸다.

그때, "지소야!"

늘 지소를 따뜻하게 불러주는 사람, 이사부였다. 그가 다가오자, 심장이 두근거렸다.

"예서 뭐하고 있는 것이야? 이리 눈까지 맞아가며……."

이사부가 어깨에 쌓인 눈을 다정하게 털어주었다. 얼굴이 점점 벌게졌다.

"눈, 눈꽃이요, 눈꽃 구경하고 있었어요."

대충 둘러대듯 얼버무리며 뱉은 말에도 그는 웃어주었다.

"눈꽃?"

그의 따뜻한 두 손이 눈물자국이 번진 얼굴을 감쌌다.

이사부는 묻지 않았다. 그는 지소가 당황스러울까봐 얼른 주위로 시선을 돌렸다.

"눈꽃이라…… 그렇구나, 온통 세상이 새하얀 눈꽃에 파묻혔구나. 하하하."

"공자님은요?"

"나? 난…… 옥패를 잃어버렸지 뭐냐. 분명 이 근처 어딘가에서 떨어뜨린 것 같은데……."

이사부가 허리를 굽혀 눈 덮인 바닥을 손으로 치워가며 유심히 살피기 시작했다.

"…… 눈에 덮여 찾을 수가 없구나."

지소도 쪼그리고 앉아 두 손으로 눈을 헤치며 찾기 시작했다.

"공자님 옥패예요?"

이사부가 고개를 끄덕였다.

"어찌 생겼는데요?"

말이 끝나기가 무섭게 그가 지소 옆으로 바싹 다가와 앉았다.

"문양 말이냐?"

지소가 고개를 끄덕였다. 이사부는 눈 바닥 위에 손가락으로 '비익조'[7] 문양을 그리기 시작했다. 난생 처음 보는 희귀한 그림이 신기했다.

"이리 생긴 새도 있나요?"

"이건 '비익조'라는 전설의 새란다. 눈과 날개가 하나씩이라서 암수 한 쌍이 꼭 함께여야만 날 수 있지."

이사부가 지소의 손을 잡아 자신의 손과 합쳐 새 모양을 만들어 날개를 퍼덕퍼덕 움직이며,

"이렇게……, 이렇게 말이다. 하하하."

눈을 마주치고 호탕하게 웃었다. 지소의 얼굴은 더욱 상기되고 심장은 터질듯이 쿵쿵거렸다.

그때, 멀찍이서 나인이 애타게 부르는 소리가 들렸다.

"공자님! 공자님! 연화아씨께서 기다리고 계세요!"

그 순간, 뭔가 반짝이는 것이 지소의 시야에 들어왔다. 옥패였다.

"찾았어요! 찾았어요!"

옥패를 자랑스럽게 쳐들어 보일 때 이사부는 연화에게

---

7) 중국 신화집 《산해경》에 나오는 전설의 새로 하나의 눈과 하나의 날개만을 지니고 있어 한 쌍이 되어야 날 수 있다고 한다.

달려가고 있었다.

잠시 뒤, 돌아온 이사부가 옥패를 보고 지소의 머리를 쓰다듬었다.

"지소야……."

연화가 울먹였다.

"우리는 아버님의 명을 받아 멀리 떠나야 한단다. 우리 지소, 언니가 돌아올 때까지 잘 지내고 있어야 한다."

지소는 어찌된 영문인지 몰라,

"언니, 언니……."

연화의 치맛자락을 붙들고 눈물을 글썽였다.

준비되지 않은 이별이었다.

"가자, 연화야."

이사부가 연화의 어깨를 감싸고 뒤돌아섰다.

지소는 입을 꾹 담은 채 눈발에 희미해져가는 연화와 이사부의 뒷모습을 지켜보다가 울컥 쏟아진 눈물이 얼굴을 적셨다.

＊ ＊ ＊

이사부는 아슬라주를 향해 거침없이 말을 달렸다. 어느새 해는 떨어지고, 광활한 평야는 끝이 보이지 않았다. 점점 거세진 눈보라에 고개를 쳐들고 있기조차 힘들었다.

뒤에 앉은 연화가 이사부의 허리를 힘주어 끌어안았다.

"촌부의 아내로 살겠습니다. 더는 바랄 것이 없습니다."

연화의 당찬 고백에, 이사부는 고삐를 더욱 세게 잡아당겼다.

"땅에서는 연리지[8]로, 하늘에선 비익조가 되겠소."

이사부가 연화의 손을 꼬옥 잡아주자, 그녀가 그의 넓은 등에 얼굴을 밀착시켰다. 그의 등 뒤라면 세상 무서울 것이 없다는 듯이……

---

8) 연리지(連理枝), 뿌리가 다른 나뭇가지가 맞닿아 하나가 된 것을 말한다.

2. 소용돌이 속으로

1년 후, 서기 514년 (법흥왕 원년). 아슬라주

단꿈은 잠시뿐이었다. 복면한 자객들이 들이닥쳤다.

챙! 챙! 챙!

시퍼렇게 날선 칼날이 격렬하게 부딪혔다.

"나루터로! 어서!"

이사부가 연화에게 소리쳤다. 연화는 해안가로 달리기 시작했다. 한 손으로 치맛자락을 올려 잡고, 다른 손으로는 배를 받치고 힘을 다해 뒤뚱거리며 뛰었다. 하지만 만삭의 몸으로 무리였다. 푹푹 들어가는 모래밭에 신발이 차례로 벗겨졌다. 얼마 못가서 뒷발이 모래 속으로 깊숙이 빠진 채 앞으로 고꾸라졌다.

"연화야!"

뒤에서 달려오던 이사부가 외치는 순간, 미처 막지 못한 자객의 칼끝이 옆구리를 찔렀다. 이사부가 상처를 움켜쥐고 비틀대며 몇 걸음 뒤로 물러나자, 그의 숨통을 기어코 끊으려는 자객들의 칼시위가 더욱 더 맹렬해졌다.

챙! 챙……!

"공자님!"

챙! 이사부가 목젖으로 들어오는 칼끝을 쳐내 자객이 칼을 놓쳤다. 그 틈에 자객을 인질로 잡았다.

"어서 가거라! 어서!"

이사부는 인질의 목에 칼날을 대고 맹수의 눈빛으로 나머지 자객들의 움직임을 경계했다. 연화는 다시 일어나 죽을힘을 다해 내달려 정박된 배에 올라탔다. 이사부도 연화를 향해 달려오고 있었다. 남은 자객 둘이 그의 뒤를 쫓았다.

"어서요, 어서!"

연화가 두 손을 모으고 발을 동동 굴렀다.

이사부가 나루터에 다다르던 찰나, 뒤에서 팽팽한 활시위가 당겨졌다.

핑-! 화살이 이사부의 허벅지에 꽂히고, 무릎이 꿇렸다.

"공자님!"

쫓아오던 자객들이 이사부의 코앞으로 다가왔다.

"먼저 가거라! 내 곧 뒤를 따라갈 것이니……."

"공자님!"

배는 파도를 타고 속절없이 흘러갔다. 땅에서는 연리지로, 하늘에선 비익조가 되겠다던 언약의 맹세도 부질없이 기약 없는 생이별이 그 둘을 갈라놓고 말았다.

✳ ✳ ✳

신라 궁.

훤한 대낮에, 궁 안으로 어스레한 그림자가 드리워졌다.

지증왕이 자리에 누워 사경을 헤매고 있었다.

"원종……."

손을 뻗자, 양 무릎으로 기어와 손을 잡은 이는 입종이었다.

"아바마마……."

"원종······."

지증왕의 초점 없는 눈빛이 허공을 응시했다.

"원종형님은······ 형님은 곧 올······."

대답이 끝나기 전에, 지증왕이 숨을 거칠게 몰아쉬기 시작했다.

"아, 아바마마!"

"내관! 내관! 태의를 부르라! 어서!"

입종은 잡은 손을 꼭 쥔 채로 외쳤다.

"신탁의 저주가······."

지증왕의 얼굴에 고통스러움이 역력했다.

"아바마마, 기, 기운을 아끼소서······."

입종의 만류에도 지증왕은 숨을 크게 몰아쉬며 남은 힘을 짜냈다.

"하늘의 뜻을······ 따르······."

눈에 힘을 주었다가, 결국 마지막 숨을 가늘게 뿜어 냈다. 잡고 있던 손이 미끄러져 바닥으로 툭! 떨어졌다.

"아바마마! 아바마마!"

입종의 울부짖음과 동시에 문이 열렸다. 들어오려던 태의가 문지방을 넘지 못하고 그대로 철퍼덕 주저앉았

다. 문밖 궁녀들이 줄지어 주르륵 바닥에 엎드려 머리를
조아렸다.

"폐……하……."

절규의 통곡이 궁 안에 울려 퍼졌다.

* * *

지증왕이 생사를 넘나들 무렵, 궁 안 화백회의[9]장에
'마복칠성'이 모여 있었다. 원탁에 원종과 위화랑이 마
주보고, 둘 사이에 융취공, 비량공, 아시공, 수지공이 둘
러앉았다. 모두의 시선은 빈 한자리에 꽂혀 있었다. 이
사부의 자리였다.

위화랑이 '으흠' 헛기침을 하고서 입을 떼었다.

"자, 자, 더 이상은 기다릴 수 없으니…… 진행하겠습
니다,"

"소지선대왕폐하의 유훈에 따라 '칠성'의 뜻을 모
아……."

하다가, 슬쩍 곁눈질로 원종의 표정을 살폈다. 원종은

---

9) 화백회의(和白會議), 신라 때, 나라의 중대사를 의논하던 회의제도. 의결 방법은
만장일치제였다.

초조한 낯빛으로 회의장 입구를 응시하고 있었다.

'아슬라주로 전갈을 보낸 지가 사흘이 지났건만……'

하지만 언제까지 기다릴 순 없었다. 원종은 하는 수 없이 고개를 끄덕였다. 위화랑이 목청을 가다듬고 다시 말을 이었다.

"이제까지 뜻을 모아 정사를 결정해 왔듯, 이번 왕위계승권에도 그 예외는 없을 것입니다."

모두 찬성의 뜻으로 고개를 끄덕였다.

"그럼, 의결 묻겠습니다. 원종 형님의 왕위계승에 대한 패를 던져 주시지요."

모두 양손에 각각 들린 죽패[10] 두 개를 탁자에 내려놓았다. 그사이, 위화랑이 뒤에선 병사에게 심상치 않은 눈신호를 보내자, 병사가 회의장 문밖으로 나갔다.

곧이어 무장한 병사들이 은밀하게 회의장을 에워싸기 시작했다. 원탁 중앙으로 4개의 죽패가 차례로 던져졌다. 융취공, 비량공, 아시공 그리고 위화랑 모두 반대(反)패였다.

모두의 시선이 수지공으로 향했다. 수지공이 반대 패

---

10) 의결권을 표하는 도구, 하나는 贊(찬), 다른 하나는 反(반).

를 던진다면, 오지 않은 이사부를 제외한 모든 이의 만장일치였다. 만일의 경우를 대비해 회의장을 장악한 위화랑은 모든 것이 일사천리로 흘러간다고 여겼다.

수지공은 장지문에 비친 수상한 병사들의 움직임을 발견하곤 겁에 질려 식은땀을 흘리고 있었다. 마침내 수지공의 떨리는 손이 두 패 중 하나를 고르려는 순간이었다.

퍽! 퍽! 병사들이 하나 둘 쓰러지는 소리가 나더니,

"비키거라!"

회의장 문이 벌컥 열렸다. 기개에 찬 목소리, 이사부였다. 옆구리의 출혈을 한 손으로 눌러 막고 선 이사부가 화살이 박힌 다리를 절며 들어오자, 모두 경악하여 자리에서 벌떡 일어섰다.

이사부는 원종에게 다가가 고개를 숙였다.

"형님, 늦어서 죄송합니다!"

"어, 어찌 된 일입니까?"

"자객들의 습격을 받았습니다."

"자객이라니요? 대체 어떤 자들이⋯⋯?"

이사부의 의심스러운 눈초리가 융취공, 비량공, 아시

공, 수지공을 지나 위화랑에서 멈춘 순간, 그의 표정이 날카롭게 돌변했다. 당황한 위화랑이 시선을 피했다. 이마에서 진땀이 흘러내렸다.

"연화는, 연화는 무사한 것입니까?"

원종이 묻자, 이사부는 어쩔 줄 몰라 하며 고개를 깊이 숙였다.

"송, 송구합니다……. 배에 오르는 것까지만 확인하여……."

그때, "김 내관이옵니다!"

숨을 헐떡이며 뛰어 들어온 김 내관이 침통함을 감추지 못하고 흐느끼기부터 하자,

"서, 설마……!"

원종의 음성이 떨렸다.

"폐, 폐하께옵서…… 붕, 붕어하시었습니다……."

김 내관이 바닥에 납작 엎드려 통곡하기 시작했다. 모두가 통탄의 울음을 토해낼 때, 위화랑은 원탁 중앙에 놓인 네 개의 죽패(反)에서 시선을 떼지 못했다. 희미하게 사라지는 왕좌를 붙잡으려는 듯이 한 눈썹을 치켜세워 부릅뜬 두 눈에 핏줄이 서렸다.

'바로 한 치 앞이었는데⋯⋯.'

찰나의 순간이었다. 위화랑의 일장춘몽은 덧없이 막을 내렸다.

"새로운 왕을 모십니다!"

이사부가 원종에게 한 무릎을 꿇고 머리를 조아렸다. 이어 수지공, 융취공, 비량공, 아시공이 차례로 한 무릎을 꿇었다.

"새로운 왕을 모십니다!"

마지못해 무릎 꿇은 위화랑은 분함을 애써 누르며 고개를 더 깊숙이 숙였다. 비통함에 잠긴 원종은 흐르는 눈물에 고개를 뒤로 젖혔다.

"아바마마⋯⋯."

* * *

"천세! 천세! 천천세!"

원종이 회의장 밖으로 나오자, 궁인들이 모두 바닥에 납작 엎드려 새로운 왕을 맞이했다. 위화랑과 그의 무리 비량공, 아시공은 원종 뒤에서 못마땅한 표정으로 이 광경을 지켜볼 뿐이었다.

"공자님!"

이사부의 환궁소식에 달려온 지소였다. 피가 낭자한
이사부 모습에 놀라 걸음을 멈춘 순간, 그녀 앞으로 무
장한 병사들이 우르르 지나갔다. 지소가 겁에 질려 옴짝
달싹 못하자, 이사부가 다리를 절며 다가왔다.

"공, 공자님! 어, 어찌 되신 것입니까?"

"괜찮습니……."

말이 끝나기 전에, 지소가 이사부의 팔을 들어 어깨
에 감았다. 작은 소녀는 안기다시피 그의 품속으로 들
어갔다.

"…… 모두 무사하니 되었습니다, 공주마마."

"예? 공주마마라니요?"

어리둥절한 표정으로 이사부를 올려 보자, 그가 고개
를 끄덕였다.

"예, 이젠 공주마마이십니다."

어린 지소를 안심시키듯 이사부는 환한 미소를 지어보
였다.

* * *

　캄캄한 망망대해. 해수면에 비친 수많은 별들이 파도에 넘실거렸다.

　흔들리는 돛단배 안에서 연화가 홀로 산통 중이다. 물한 모금 마시지 못한 채 혼절하다시피를 반복한 연화는 점점 지쳐갔다. 시간이 지날수록 신음 소리조차 내기 어려웠다. 겨우겨우 가는 숨을 폭폭 내쉴 뿐이었다.

　얼마 간의 시간이 지나고, 다시 연화의 숨소리가 거칠어졌다. 신음과 비명의 간격이 점점 빨라지더니, 아악! 하늘이 찢어지는 비명과 함께 우렁찬 아이의 울음이 터졌다.

　응-애-앵!

　잠시 숨을 고른 연화가 아이를 곁에 뉘었다. 그런데 갑자기 시야가 점점 흐릿해졌다. 아이의 얼굴이 희미하게 멀어져갔다. 연화는 곧 벌어질 일을 예감했다.

　"아가야…… 미안하구나……."

　목에 걸고 있던 반쪽 옥패 목걸이를 끊어 아이 가슴 위에 올려놓고 토닥여주자, 울음을 그친 아이가 연화와 눈을 마주치며 해맑게 웃었다.

"부디…… 네 아버지를 찾아가거라…….”

연화는 무정한 하늘을 올려다봤다. 1년 전, 이사부와 힘차게 말달리던 광활한 평야가 펼쳐졌다.

'촌부의 아내로 살겠습니다. 더는 바랄 것이 없습니다.'

'땅에서는 연리지로, 하늘에선 비익조가 되겠소.'

이사부가 연화의 손을 꼬옥 잡아 주었다.

"공자님…….”

아이 가슴에 얹었던 연화의 손이 힘없이 떨어지자, 아이가 서럽게 울어대기 시작했다.

돛단배는 보름달빛을 등대삼아 정처 없이 흘러갔다.

3. 반쪽 옥패

가야의 국경지대

검은 마차가 병사들의 호위를 받으며 해안가를 인접해 지나고 있었다. 마차의 창이 스르륵 젖혀지자, 행렬이 멈춰 섰다. 창밖으로 계화(가야 구형왕의 왕후)의 얼굴이 반쯤 보였다. 나인이 창 앞으로 다가가 고개를 숙였다.

"마마, 어디 불편하신 데라도……?"

"……"

"아직 새벽공기가 찹니다."

긴 한숨소리가 새어 나왔다.

"발길이 떨어지지 않아 그러십니까?"

나인이 고개를 들어 계화의 표정을 살폈다. 상복 차림의 계화는 슬픔이 차올라 고개를 떨구고 두 눈을 감았다.

어릴 적, 어느 따뜻한 오후 한때를 떠올렸다. 햇살에 잔잔히 반짝이는 파도와 장난치듯 신나게 뛰어노는 자신을 흐뭇하게 지켜봐 주던 젊은 날의 어머니가 보였다. 어느새 눈가에 눈물이 맺혔다.

"마마, 옥체 상하시옵니다. 하늘에서 내려다보고 계실 부부인 마님께서도 걱정하실 것이옵니다."

나인이 울먹이며 말을 더듬었다.

"바다가 보고 싶구나……. 내 또 언제 궁 밖으로 나와 보겠느냐."

"그, 그렇긴 하오나…… 국경지역인지라……."

계화의 붉어진 눈시울과 눈이 마주친 나인이 말을 잇지 못하고 고개를 돌려 호위관에게 눈짓했다.

"마차를 돌려라!"

호위관의 호령에 마차행렬이 방향을 틀었다. 병사들은 일제히 칼을 움켜쥐고 사방을 경계하며 움직였다. 조금 뒤, 멀찍이 푸른 바다가 펼쳐졌다.

계화가 창가로 얼굴을 내밀었다.

'내 아무리 한 나라의 왕후라지만 모진 궁궐 말 못할 사연이 어찌 없을까. 열다섯 어린 나이에 궁에 들어와 밤마다 울며 부르던 어머니……. 살아생전 다신 못 올 줄 알았던 고향땅에 어머니 가시는 길 모시고서야 이리 홀로 와 봅니다. 어머니…….'

계화는 소리 내어 크게 불러보고 싶은 마음을 눌러 참으며 눈물만 뚝뚝 떨어뜨렸다.

어느덧 수평선 위로 동이 터 올라 붉은 빛을 발했다. 다급해진 호위관이 마차 옆으로 가까이 다가왔다.

"마마, 오래 머무르시는 건 위험합니다. 어서 서둘러 환궁하셔야 합니다."

계화가 옷고름으로 눈물을 닦고 창을 닫으려는 순간, 아기 울음소리가 희미하게 들렸다. 해안가로 떠밀려온 듯 보이는 돛단배! 그곳에서 나는 소리였다. 계화는 즉시 나인과 군사들을 보냈다.

잠시 후, 나인이 자지러지게 우는 아이를 안고 왔다.

"무슨 일이냐?"

"갓난아이가…… 죽은 어미와 함께 바다를 건너온 것 같습니다."

계화가 아이를 받아 안자, 아이가 그녀의 가슴을 파고
들며 울음을 그쳤다.

'어머니께서 제게 남기신 선물입니까……?'

계화는 안쓰러워하며 아이에게서 눈을 떼지 못했다.
티 없이 웃는 아이를 따라 계화의 얼굴에도 서서히 미소
가 번졌다. 옆에서 덩달아 웃던 나인이 뭔가 생각난 듯,
손에 쥔 물건을 계화에게 내밀었다.

"이, 이것이 아이의 가슴 위에 놓여 있었습니다."

반쪽 옥패 목걸이였다.

"참으로 예사롭지 않은 옥패로구나. 무슨 사연인지는
모르겠으나, 분명 아이의 운명을 이끌 귀한 물건일 게
야."

그때, 배를 탐색하던 병사들이 돌아왔다.

"마마, 여인의 시신 외에는 수상한 흔적이 없습니다."

계화가 돛단배를 향해 묵례를 올리며,

'아이는 걱정 마시게. 부디 편한 마음으로 가시게
나…….'

고인에게 마지막 인사를 고하고는 병사들에게 명하
였다.

"여인은 왔던 곳으로 보내주어라."

병사들이 배에 불을 놓고 바다로 떠밀자, 계화 품에 안긴 아이가 갑자기 울음을 터트렸다.

활활 불타오르는 배는 파도에 떠밀려 붉게 물든 바다 끝으로 점차 멀어져 갔다.

*　*　*

가야 궁

아이 울음소리로 궁 안이 떠들썩했다.

소식을 듣고 구형왕과 무력왕자가 계화왕후의 처소로 들었다. 무력은 금포대기에 싸인 아이가 신기한 듯 눈을 떼지 못했다.

구형왕은 난감했다. 아이와 계화를 번갈아 보며,

"돌아가신 부부인께서 점지해 주셨다고요? 정말입니까?"

의아해 묻고 또 되물었다. 계화는 미소 띤 얼굴로 그저 고개만 끄덕였다. 구형왕이 한숨을 내쉬며 시선을 돌리자, 무력이 나섰다.

"아바마마, 부디 내치지 말아 주소서."

어린 무력의 애원은 간절했다.

"제가 잘 돌볼 것이옵니다. 일평생 책임질 것이옵니다."

무력의 말에 구형왕이 다소 당황한 기색을 내비치며,

"뭐, 뭐라? 책임을 지겠다……?"

말을 더듬었다.

"예, 아바마마. 예쁜 여인으로 자라라 하여, '가희'(佳姬)라 부를 것이옵니다."

구형왕은 왕자의 발언이 당돌했으나 한편, 의연해보이기까지 하여 순간 헛웃음이 새어 나왔다.

"허, 벌써 이름까지 지었느냐?"

계화의 입가에 웃음이 번졌다.

"진정 왕자가 책임을 지려나 봅니다. 호호호."

"왕후께서도, 왕자도 이리 단호하니, 내 어찌할 도리가 없군요."

"아바마마, 성은이 망극하옵니다. 성은이 망극하옵니다!"

무력은 재빨리 구형왕에게 연거푸 머리를 조아리더니 계화에게 두 팔을 뻗었다.

"어마마마, 저도 아이를 안아보게 해주소서."

아이를 받아 안은 무력은 감개무량함을 감추지 못하며

"가희야, 가희야……."

아이에게 이름을 계속 불러 주었다.

그러자 아이도 마음에 드는지 무력과 눈을 맞추며 방긋이 웃어 주었다.

＊ ＊ ＊

20년 후,

서기 533년 (계축년). 법흥왕 20년. 신라 궁

"왕실에…… 피바람이 몰아칠 것입니다!"

침상에 누워 있는 원종(법흥왕)의 머리 위로 신녀의 표독스런 저주의 목소리가 울렸다.

"폐하, 연화를…… 사지로 내모셔야 했습니까!"

보도왕후의 원망스런 음성이 겹쳐 울렸다.

"아바마마…… 아바마마……."

흐느끼는 딸의 음성이 들리자, 원종이 허공에 손을 뻗어 허우적대다가 눈을 번쩍 떴다. 타들어가는 가슴을 움켜쥐고 가까스로 상체를 일으켜 앉았다. 온몸은 식은땀으로 흠뻑 젖어 있었다. 깊은 숨을 토해내고 자리끼를 벌컥벌컥 단숨에 들이켰다.

"김 내관."

"예, 폐하."

나지막한 부름에 즉각 문이 스르륵 열렸다.

"이사부에게서 전갈은?"

김 내관이 문턱을 넘자마자 허리를 굽혀 머리를 조아렸다.

"송, 송구하옵니다, 폐하……."

'대체……, 대체 어디에 있는 것이냐? 연화야, 부디 살아 있거라. 살아 있어야 한다.'

연화는 원종이 왕위에 오르던 날, 생사조차 알길 없이 사라졌다. 원종은 밤낮으로 악몽과 불안 그리고 죄책감에 시달려 폐인이 되어가고 있었다.

＊ ＊ ＊

둥! 둥! 둥……!

이른 아침을 깨운 승전고 소리가 도성을 지나 궁으로 향했다.

대전 앞에 줄지어 선 문무백관들 사이로 이사부와 군사들이 들어섰다. 원종은 상좌에 삐딱하게 몸을 기대고 앉은 채 고개를 끄덕였다.

이사부가 한 무릎을 꿇고 머리를 조아렸다.

"신, 폐하의 명 받자와 해안으로 침략해온 왜놈들을 소탕하였나이다."

수시로 출몰해 약탈을 일삼고 여인들을 잡아가던 왜놈들이었다. 하지만 원종이 학수고대 그의 환궁을 기다린 이유는 따로 있었다. 이사부가 바닷가에서 헤어진 연화를 찾기 위해 해안 수방사를 도맡아 온 지 어언 십 수 년째다.

원종이 상체를 앞으로 내밀어 목을 빼며 물었다.

"연화는? 연화의 행방은 찾았습니까?"

"송, 송구하옵니다, 폐하……."

원종은 낙담했다. 시선이 바닥으로 떨어졌다.

그는 왕이기 전에 잃어버린 딸을 찾는 아버지였다.

"애썼어요."

원종이 내밀었던 목을 다시 뒤로 당겨 자리를 깊숙이 고쳐 앉고, 퀭한 눈을 애써 부릅떴다.

"개선장군 이사부를 대장군으로 명하노라!"

이사부의 머리가 바닥에 닿자, 문무백관과 군사들이 일제히 두 팔을 번쩍 들어 올렸다가 바닥에 넙죽 엎드렸다.

"성은이, 성은이 망극하옵니다, 폐하!"

원종이 김 내관의 부축을 받으며 자리에서 일어났다.

해가 기울고 모두가 떠난 자리, 이사부는 차디찬 바닥에 머리를 조아린 채 그대로 망부석이 되어 있었다.

* * *

깊은 밤, 이사부의 처소에 불이 밝혀졌다. 왕의 명으로 거하게 차려진 음식은 굳어버린 몸처럼 식어 있었다. 이사부는 피비린내 나는 갑옷을 벗지 못했다. 연화에 대한 미안함과 그리움이 북받쳐 올랐다. 그때 처소의 문이 열렸다.

"감축 드립니다, 대장군!"

화려하게 단장한 지소공주가 활짝 웃으며 들어왔다. 이사부는 웃음기 없는 얼굴로 고개를 숙였다. 지소는 그런 그가 서운했지만, 상관없는 양 이사부에게 다가갔다.

"이 얼마만의 환궁이십니까……."

이사부의 표정은 걸친 갑옷만큼 무거웠다. 지소가 직접 갑옷의 이음새 매듭을 풀기 시작했다.

"북소리에 제 심장이 터지는 줄 알았지 뭡니까……."

순간, 피로 물든 이사부의 어깨가 드러났다. 지소가 다급히 소리쳤다.

"어서 약상자를 가져오너라!"

지소의 손놀림은 조심스러웠다. 상처가 덧나지 않도록 윗옷을 살살 벗기는 사이, 처소나인이 약상자를 들고 들어왔다. 지소는 탁자 위에 놓인 음식들을 재빨리 옆으로 치웠다.

"다행히 상처가 깊진 않습니다……."

지소가 상처를 살피면서 붕대를 감기 시작했다. 이사부는 묵묵부답으로 미동도 하지 않았다.

"이제는 몸을 아끼세요. 대장군이 아니십니까……."

붕대 끝을 야무지게 매듭짓고는 웃옷을 입히며 이사부의 표정을 살폈다.

"연화 언니 소식은요?"

'연화' 소리에, 이사부가 갑자기 옷을 뺏듯이 잡아챘다. 당황한 지소의 두 손이 그대로 허공에 머물렀다. 몇 초간의 적막이 흘렀다. 지소는 얼른 탁자 위에 놓인 술병을 집어 들었다. 그러고는 애써 입가에 미소를 지었다.

"이리 돌아오시어 얼마나 기쁜지 모릅니다."

술잔에 맑은 술이 천천히 채워졌다.

지소는 이사부의 기분을 풀어주려 최대한 애교 섞인 어조로 아양을 떨었다.

"혼쭐이 나 도망친 왜놈들 얘기 좀 들려주세요."

이사부는 말없이 잔을 비웠다.

"오늘밤 만큼은 모든 고단함을 내려놓으세요."

지소가 다시 정성을 다해 잔을 채웠다. 연거푸 잔을 비운 이사부는 서서히 눈이 풀리기 시작했다. 전장의 상처도, 얼어붙었던 마음도 풀어졌다. 조금씩 올라오는 술기운은 연화를 향한 그리움으로 가득 채워져 갔다. 술잔을 탁자에 내려놓는 이사부의 손 위로 지소의 손이 겹쳤다.
지소의 묘한 눈빛과 마주치는 순간, 이사부는 귀신이라
도 본 듯 넋이 나가 시선을 떼지 못했다. 흐릿하지만 분
명 연화였다!

"연…… 화……."

이사부는 지소를 거침없이 끌어안았다. 그리고 흐느꼈
다. 그리움에, 서러움에 북받친 어린아이처럼.

창문에 비친 버드나무 가지가 바람에 한차례 일렁거
렸다.

*

이사부는 옆에 누워있는 지소를 보는 순간 죄책감에
머리를 가로저었다. 목에 걸린 반쪽 옥패 목걸이가 흔들
거렸다. 그가 말없이 옷을 입고 냉정히 처소 밖으로 나
가버렸다.

지소는 주체할 수 없는 모멸감이 쳐 올라 덮고 있던 비
단이불을 목까지 추커올렸다.

'아직도, 아직도, 연화 언니 생각뿐이신 겝니까!'

'옥패의 반쪽은…… 제 것이었습니다!'

파르르 떨리는 아랫입술을 깨물며 이사부가 벴던 목침을 냅다 집어던졌다.

4. 불가로 떠나는 왕

그로부터 3개월 후.

이른 아침 검은 독수리 한 마리가 신라 궁 위를 한 바퀴 크게 돌아 날아갔다.

태양이 작열했다.

"입종공(법흥왕의 동생)은 폐하의 교지를 받드시오!"

김 내관의 쩌렁쩌렁한 음성이 대전 밖으로 울리자, 줄지어 선 문무백관들이 예를 갖추어 고개를 숙였다.

대전 안에는 지소공주, 후궁보과(백제 동성왕의 딸), 남모원화(보과의 딸), 후궁옥진(위화랑의 딸), 비대군(옥진의 아들, 전군) 그리고 위화랑, 융취공, 비량공, 아시공, 수지공 등 모든 왕족이 모여 있었다.

단상 앞에 선 입종이 교지를 받아들고 돌아섰다.

"짐은……."

입종은 경악스러움을 주체 못하고 고개를 돌려 단상 위를 올려봤다. 상좌에 앉은 원종(법흥왕)이 말없이 고개를 끄덕였다. 입종은 떨리는 손으로 교지를 붙들고 다시 읽어 내려갔다.

"짐은 불도의 길을 갈 것이니, 국운이 달린 정사가 아니면, '육성'의 화백회의를 통해 결정하되……."

입종은 다시 멈칫했다. 헛기침으로 목을 가다듬었으나 떨리는 음성은 어쩔 수 없었다.

"입, 입종을 갈문왕[11]으로 책봉하고, 세주(옥쇄를 맡은 사람)로 명한다."

청천벽력 같은 명이었다. 버젓이 폐하가 생존해 계시거늘 옥쇄를 맡으라니……. 하지만 원종의 뜻은 확고했다. 그 뜻은 후궁과 공주에게까지 미쳤다.

"또한, 보과부인은 백제로 돌아가고, 공주 지소는 왕후의 위패를 모신 영흥사에 의탁하라!"

교지를 끝까지 낭독한 입종은 다리에 힘이 풀려 휘청

---

11) 왕의 근친에게 내릴 수 있는 작호.

거렸다.

"폐…… 하……!"

입종이 단상을 향해 두 무릎을 꿇고 이마를 바닥에 있는 힘껏 부딪쳤다.

"폐하! 부디 명을 거두어 주소서!"

당황한 왕족들도 모두 바닥에 엎드려 머리를 조아렸다.

"명을 거두어 주소서!"

대전 밖 문무백관들도 일제히 엎드려 외쳤다. 외침은 점점 더 커져갔다. 더 간절하게 더 애절하게. 원종이 자리를 뜬 후에도 그들의 절규는 한참동안 계속되었다.

뒷목을 잡고 비틀대는 보과부인을 남모가 부축했다. 어린 비대군의 손을 꼭 잡은 옥진은 엎드려 고하고 있는 부친 위화랑의 명을 기다렸다.

얼어붙어 서 있던 지소는 정신을 차리고 주위를 둘러봤다. 그는 없었다.

'어디 계십니까? 저는 어찌해야 한단 말입니까…….'

한 걸음씩 대전 밖을 향해 걸어갔다. 어릴 적 길고 긴 복도를 지나…… 새하얀 세상에서 다정하게 이름을 불러주던 그의 음성이 들릴 것만 같았다. 하지만 이사부는 나타나지 않았다.

'언니를 찾으러 또 떠나신 겝니까. 대장군!'

지소의 얼굴빛이 점점 변해갔다. 기댈 곳은 오직 자신뿐이란 걸 깨달았다. 그리고 단 한 가지만 생각했다.

'강해져야 한다! 강해져야만 한다!'

그녀에겐 강해져야 할 이유가 분명 있었다.

'아바마마, 저는 불가로 들어가지 않을 것입니다!'

* * *

가야 궁

가야금 소리가 궁 안에 울려 퍼졌다. 망루에 앉아 가야금을 타는 가희의 모습에 이끌린 무력이 발소리를 죽여 그녀에게 다가갔다. 인기척에 놀란 가희가 '팅-.' 가야금 줄에 걸린 손가락을 멈추고 뒤를 돌아봤다.

"마마!"

까치발을 내린 무력이 멋쩍게 웃으며 시선을 돌렸다.

"네 구슬픈 연주 소리에 온 궁 안이 눈물바다가 되는

구나. 역시 천하일품이야!"

가희가 눈을 살짝 흘겼다.

"그만 놀리시어요. 마마의 놀림이 참인 줄 알던 어렸을 적 꼬마가 아닙니다."

"참이니라, 참이래두…….."

무력은 억울했다. 온 세상에 알리기라도 할 양으로, 두 손을 입에 대고 큰소리로 외쳤다.

"천하일색 가희의 연주는 천하일품일세! 하하하."

"아이, 참. 그만하시어요."

가희의 얼굴이 홍조를 띠었다.

"헌데 잠이 오지 않는 것이냐? 내일 늦잠으로 가례(왕가의 혼례 예식)에 나오지 않을 작정인 게야?"

가희는 대답 대신 목에 차고 있는 옥패 목걸이를 만지작거렸다. 금세 눈시울이 붉어졌다.

"어머니가 그리운 게로구나."

무력이 가희의 어깨를 감싸 안았다.

"아버님은…… 살아계실 것이다."

"내 약조하지 않았느냐. 꼭 찾아주겠다고. 허니 좋은 날 앞두고 눈물을 보이지 말거라."

"송구하옵니다. 마마."

가희가 눈물을 삼키고 무력의 어깨에 머리를 기댔다.

* * *

다음날 아침. 궁 안이 들썩거렸다.

화려한 가례복을 입은 가희가 연회장으로 들어서자, 기다렸던 무력이 중앙으로 가 맞이했다. 그리고 둘이 함께 단상 앞으로 가 구형왕과 계화왕후를 향해 허리 숙여 절을 올렸다.

"천세! 천세! 천천세!"

* * *

신라 궁

이윽고 왕이 궁을 떠났다. 신하들의 통곡이 멈췄다. 주인 없는 궁, 비어있는 왕좌.

흥겨운 풍악소리가 울렸다. 무희들이 빙글빙글 춤을

추고, 술상을 각자 하나씩 놓고 앉은 다섯명의 공자들 (위화랑, 융취공, 비량공, 아시공, 수지공)이 시중드는 궁녀들을 양옆에 끼고 희롱하며 잔을 들었다.

술에 취한 위화랑이 무희들 사이로 들어가 이리저리 휘젓고 다니기 시작했다.

"이제 월성의 주인은, 응당 위화랑 형님이 아니겠습니까!"

취기가 잔뜩 오른 비량공이 흐느적거리며 자리에서 일어났다.

"자, 자, 어서 오르시지요. 폐-하!"

비량공이 위화랑에게 단 위 상좌로 안내하는 시늉을 해보이자,

"예, 폐-하! 오르시지요!"

아시공도 덩달아 일어나 상좌를 향해 양손을 뻗고 허리를 굽혔다. 위화랑이 비틀비틀 거리며 단상 위로 올라가 상좌에 턱 앉았다. 순간 풍악이 멈췄다. 무희들도 춤을 멈췄다. 융취공, 수지공 마저 자리에서 일어나 허리를 깊이 숙이자, 무희들이 상좌를 향해 곱게 절을 올렸다.

"감축 드리옵니다!"

"감축······."

이때, 수지공은 말끝을 흐렸다. 그의 눈빛은 불만에 차 있었다.

"하하하!"

위화랑이 흡족하여 호탕하게 웃더니 악공들에게로 시선을 돌렸다.

"뭣들 하는 게야! 풍악을 울려라. 풍악을!"

불같은 호통에 악공들의 손이 바빠졌다.

다음 차례는 무희들이었다.

"이리 오너라! 이리 가까이······."

위화랑의 손짓에 무희들이 당황하여 머뭇거리자, 이번엔 자신의 무릎을 툭툭 쳐 보였다.

"누가 이 옥좌에 앉아 보겠느냐?"

무희들이 앞다퉈 위화랑에게 우르르 달려갔다.

"어서, 옳지, 옳지. 곱기도 하다."

위화랑은 능청스러운 웃음을 지으며 무희들의 얼굴을 차례로 쓰다듬었다. 그리고 그중 제일 마음에 드는 무희를 골라 자신의 무릎에 앉혔다.

"네 이름이 무엇이냐?"

무희가 고개를 살짝 돌려 숙였다.

"준정이라 하옵니다. 폐하."

위화랑은 준정을 옆으로 돌려 앉혀, 수줍게 웃는 얼굴을 매만지며 감탄을 금치 못했다.

* * *

수지공이 잔뜩 취한 융취공을 부축하여 연회장 밖으로 나왔다.

"형님, 위공 형님께서 저리 축배를 드시기엔…… 시기상조 아닙니까?"

수지공은 매사 위화랑의 처사에 불만을 품어 왔었다. 융취공은 그런 그가 언젠간 일을 치리라 여겨 왔었다. 서열로 보나 위세로 보나 위화랑과 척을 지는 것은 득이 되지 않거늘. 융취공 눈엔 수지공이 늘 위태로워보였다.

융취공이 수지공의 팔을 치우더니 휘청휘청 앞으로 걸어가 고개를 가로저었다.

"이번엔 이사부도 형님을 막지 못할 겁니다. 내물왕계는 이제 끝났어요!"

단호한 어조였다.

"이사부가 제아무리 내물왕계라 한들…… 방계[12]가 아닙니까. 어차피 불자 되신 우리 원종형님이야 하나뿐인 아들, 비대군께 선위하실 수밖에 없고, 섭정은 당연지사일터."

고개를 돌려 동조를 구하듯 수지공을 응시했다.

"…… 위공 형님이 실세가 아니면 누구랍니까?"

그러다 중심을 잡지 못하고 휘청거리자, 수지공이 얼른 그의 팔을 잡아 다시 어깨에 휘어 감았다.

"허나, 엄연히 갈문왕으로 책봉되신 입종 형님이 계시잖습니까?"

말이 끝나기도 전에 융취공은 모르는 소리 말라는 양, 고개를 격하게 가로저으며,

"입종 형님은 오래 못 버티십니다. 어려서 열병을 심하게 앓으신 후로 뻑하면 쓰러지시는데 무슨 수로요, 쯧쯧."

---

12) 직계에 대응하는 개념으로 같은 시조(始祖)에서 갈라져 나간 혈족을 말한다.

혀를 차다가 하늘님께 답을 구하는 듯 고개를 쳐들어 밤하늘을 올려다봤다. 수지공은 미간을 찌푸리며 생각에 잠겼다. 궁을 버리고 도망간 원종 형님의 심정을 모르는 바 아니었다. 신탁의 저주……, 그 자신도 두려웠다. 하지만 그렇다고 후궁의 자식인 비대군이 왕위에 오르는 꼴을 가만히 두고 볼 순 없었다. 더구나 위화랑의 섭정이라니.

'만일 입종 형님께서 오래 못 버티신다면…….'

* * *

흥륜사

적막한 법당에 목탁소리가 울려 퍼졌다.

가사(출가한 승려들의 의복)를 걸친 원종(법흥왕)이 금불상 앞에 반가좌를 틀고 앉아 염불 중이다.

원종의 등을 보고 꿇어앉은 지소가 바닥에 머리를 조아렸다.

"폐하, 뜻을 거두어 주소서."

"나무아미타불……."

"저는 궁에 남겠습니다. 윤허해 주소서, 폐하."

"…… 관세음보살……."

"아바마마! 저의 삶은 제가 선택하겠습니다."

지소는 원종에게 '아바마마'라고 입 밖으로 소리 내어 불러본 적이 없었다. 순간 원종의 목탁 소리가 멈췄다.

"진골정통[13]이 대의명분이 될 것입니다."

툭 던지는 그의 말뜻을 지소는 헤아릴 수 없었다.

"입종에게 일러놓겠습니다. 합궁 날을 택하여 들리도록 하세요."

지소가 깜짝 놀라 고개를 들었다.

"예? 어찌 친숙부님과.....?"

원종이 단호하게 지소의 말을 끊었다.

"복중의 아이는! 갈문왕(입종)의 씨여야 한단 말입니다!"

움찔 놀란 지소가 말을 더듬었다,

"아, 알고…… 계, 계셨습니까?"

"왕손이어야 합니다. 내물대왕의 적통 중 가장 서열이

---

13) 왕후를 배출하는 인통. 당시 지소만이 유일한 진골정통이었다.

높은 자의 씨라 하세요. 왕위계승에 감히, 감히! 반대할
자 아무도 없어야 합니다. 아시겠습니까!"

한 맺힌 소리였다.

선대왕인 소지왕의 사위이자, 마복자로 궁에 들어와
살아온 지난날들이 그에게는 지옥이었다. 신탁의 뜻이
그러했고, 잃어버린 큰딸도, 고통 속에 돌아가신 부친
(지증왕)도 모두 자신의 탓인 양 여겨졌다.

왕위에 오른 후에도, 밤낮으로 괴롭히는 저주의 불안
과 언제라도 끌어내리려 혈안이 되어 있는 자들의 위협
에서 하루라도 자유로운 날이 없었다.

원종은 그 모든 것이 바로 '혈통' 때문이라고 여겼다.

"거기 있느냐?"

소리 없이 들어온 검객, 운풍이 머리를 조아렸다.

"명하십시오. 폐하."

지소가 운풍을 돌아보자,

"믿을 수 있는 자입니다. 앞으로 공주의 그림자가 되
어 줄 겁니다."

원종의 명에 운풍이 지소에게 허리 숙여 절하였다.

"복중의 아이만 생각하세요. 아이를 지키지 못하는,

못난 어미가 되지 말란 말입니다!"

그제야 고개 돌린 원종이 지소와 눈이 마주쳤다. 처음으로 느끼는, 딸을 걱정하는 아버지의 눈빛이었다.

*

법당 밖으로 나온 지소는 아버지께 큰절을 올렸다.

"반드시 지키겠습니다. 대 신라 왕실의 혈통을 이을 위대한 왕으로 키울 것입니다. 아바마마……."

목탁소리가 울렸다. 원종은 자애로운 석가모니께 지소의 안위를 축원 올렸다.

'지소야, 가여운 내 딸아…….'

"나무아미타불 관세음보살……."

5. 하늘을 속이다, 만천(瞞天)

몇 달 후, 신라 궁

후궁 옥진의 처소 앞마당에 웃음과 박수소리가 요란
했다.

"전군 마마 여기옵니다. 여기요, 여기라니까요. 호호
호⋯⋯."

궁녀들이 손뼉을 치며 유인하는 쪽으로 눈을 가린 어
린 비대군이 두 팔을 허우적대며 쫓아갔다. 이때, 위화
랑이 준정과 함께 나타났다.

비대군을 지켜보던 옥진이 당황하여 위화랑 앞으로 가
고개를 숙였다.

"아, 아버님 오셨습니까."

위화랑은 무심한 듯 지나쳐 비대군에게로 향했다.

준정은 고개를 빳빳이 쳐든 채로 옥진 앞에 버티고 서 있었다. 천한 무희 출신이나 지엄한 내명부의 법도는 옥진의 머리를 숙이게 했다.

위화랑의 등장에 궁녀들이 일제히 멈춰서 고개를 숙였다. 순간, 비대군이 뻗은 손끝이 위화랑의 두루마기를 스치면서 옷고름 끝을 부여잡았다.

"잡았다! 잡았어. 내 이번에는 절대 안 놓칠 테야!"

두 팔로 와락 안으려 하자, 위화랑이 뒤로 한걸음 물러나면서 옷고름이 스르륵 풀어져 버렸다.

"비대군!"

옥진의 외침에 비대군이 안대를 풀었다. 그리고 위화랑의 일그러진 얼굴과 맞닥뜨렸다. 놀라고 겁난 비대군은 재빨리 옥진에게로 달려와 그녀의 치마폭 뒤로 숨었다. 눈치 빠른 준정이 얼른 나서서 위화랑의 풀어진 옷고름을 고쳐 매어주었다. 하지만, 위화랑의 못마땅한 표정은 그대로였다. 그의 시선이 옥진 뒤에 숨은 비대군에게로 향했다. 위화랑의 불호령이 떨어졌다.

"본디! 나타나는 건 왕의 힘이나, 왕을 키우는 건 바로 곤원(왕의 어머니를 뜻함)이라 하였습니다!"

급기야 비대군을 향해 손가락질을 하며 혀를 끌끌

찼다.

"쯧쯧……, 이, 이러니, 진골정통을 운운하는 게 아니

겠습니까."

"송, 송구합니다. 아버님……."

옥진은 어쩔 줄 몰라 하며 숙인 고개를 들지 못했다.

"으흠, 그나저나 이른 일은 잘 진행되고 있겠지요?"

"……."

위화랑의 얼굴이 다시 굳어졌다.

"마마의 처사에 비대군의 앞날이 달려있음을 명심하

세요!"

위화랑 옆으로 바싹 붙은 준정이 부축하듯 팔을 잡

았다.

"노여움을 푸세요. 건강에 해로우십니다."

준정의 애교에 마음이 조금 누그러진 위화랑은 헛기

침을 연신 해대며 자리를 떴다. 옥진의 낯빛은 어두워지

고, 겁에 질린 비대군은 그녀의 치마폭에 얼굴을 묻고

울음을 터트렸다.

＊ ＊ ＊

며칠 후, 옥진은 수지공을 불러 하소연을 늘어놓았다.

"차라리 폐하를 따라 절로 들어가겠어요. 갈문왕을 모시라니요."

옥진은 점차 언성을 높였다.

"어찌 아버님께서 이러실 수 있단 말입니까!"

"마마, 진정하세요."

"제 나이 열여덟에 쉰이 넘으신 폐하를 모셨어요. 악몽에 시달리는 폐하를요."

그녀는 감정이 점점 격양되어 울먹였다.

"매일 밤이 악몽이었습니다."

"마마, 조금만 더 버티세요. 이제 곧 비대군께서 왕위에 오르시지 않습니까."

"무슨 소용이랍니까. 아버님이 계시는 한……."

차마 말을 잇지 못하고 흐느꼈다. 자신의 신세가 너무 한탄스러웠다.

"마마께서 섭정권을 손에 쥐신다면요?"

눈물 맺힌 눈동자가 수지공을 응시했다.

"제가 반드시 방도를 찾겠습니다. 그러니 마음을 굳건히 가지세요."

그녀가 처음 들어본 위로다운 위로였다. 그저 기다려라, 때가 온다고만 했던 수지공이었다. 위화랑의 그늘 속에 갇힌 옥진의 신세에선 꿈도 꾸기 힘든 얘기였다. 하지만 믿고 싶었다.

"예, 수지공……. 저는 공만 믿겠습니다."

수지공이 결연한 표정을 지어 보였다.

다소 진정된 옥진이 갑자기 주위를 살피더니 작은 소리로 고하였다.

"혹시…… 궁에 퍼진 소문 못 들으셨습니까? 갈문왕께서 지소공주와 합방을 치르셨다는……."

"예?"

믿겨지지가 않았다.

"그, 그럴 리가요? 공, 공주는 친조카가 아닙니까? 더구나 정실이 아닌 색공[14]으로 맞이하시다니요."

도무지 헤아릴 수 없는 상황이었다.

"그저 소문일 겁니다. 궁에 남아 버티고 있는 공주를

---
14) 색공(色供), 고대풍습 중, 신분이 높은 사람에게 색을 바치는 것을 의미한다.

몰아내려는…… 위공 형님의 간계가 아닐는지요?"

말이 끝나기가 무섭게 옥진이 고개를 가로젓고는, 상체를 내밀어 수지공에게 밀착하여 귓가에 대고 속삭였다.

"실은, 제가 직접 보았습니다. 공주가 갈문왕 처소에 드는 것을요……."

위화랑이 다녀간 바로 그날 밤, 옥진은 아버지의 명을 받들기 위해 입종의 처소로 갔었다. 하지만 도저히 내키지 않아 발길을 돌리려는데, 지소가 나타나 몸을 숨기고 상황을 지켜봤었다. 장지문에 비친 둘의 그림자는 속일 수 없는 사실이었다.

수지공의 표정이 심각해졌다. 전혀 예상치 못한 수였다. 판의 10수까지 내다보는 그였다.

"만일 이 일이 사실이라면……."

잠시 눈을 감고 고민하더니,

"위공 형님께서는 선위 주청을 서두르려 하실 겁니다."

응수가 떠오른 양, 탁자를 가볍게 내려치며 눈을 번쩍 떴다.

"병사를 움직이실 거예요. 사병을 모아 대비해야 합

니다.”

* * *

같은 시각, 이사부는 환궁 중이었다.

“이랴! 이랴!”

‘대장군 이사부는 속히 환궁하여 지소의 복중 왕손을
보호하라!’

원종(법흥왕)의 특명이었다.

‘공주가 왕손을……? 왕손이라면 누구의 아이를 가졌
단 말인가?’

이사부는 흙먼지를 휘날리며 세차게 말을 달렸다.

* * *

궁 안 곳곳에 등불이 밝혀졌다.

이사부가 지소의 처소로 들었다.

“신, 폐하의 명 받자와…….”

“먼길 오시느라 애쓰셨습니다.”

지소는 등을 돌린 채로 말을 끊었다. 다소 냉소적인 어조였다.

이사부가 다시 예를 갖추어 한 무릎을 꿇고 머리를 조아렸다.

"감축 드립니다. 마마."

그제야 뒤돌아선 지소가 그에게 다가갔다.

"일어나세요, 대장군."

지소가 그의 손을 잡아 자신의 볼록한 배에 가져다 댔다.

"느껴지십니까?"

살짝 상기되어 이사부의 표정을 살폈다.

"분명 사내아이입니다."

그때, 손바닥에 힘찬 태동이 느껴졌다. 이사부의 동공이 흔들렸다. 곧바로 손을 떼었다. 분명, 자신의 아이이길 바라는 얼굴은 아니었다.

순간 지소의 표정이 굳어졌다. 지소는 아주 잠깐 평범한 아낙네의 모습을 떠올렸었다. 하지만 그녀에게 허락된 삶은 아니었다.

'왕손이어야 합니다. 내물대왕의 적통 중 가장 서열이

높은 자의 씨여야 합니다.'

지소는 원종(법흥왕)의 한 맺힌 당부를 다시 한번 되뇌었다.

"입종 숙부님, 갈문왕의 씨에요."

이사부는 놀란 기색을 감추지 못했다.

"예, 맞습니다. 대 신라국의 왕손입니다."

지소의 입가에 묘한 미소가 번졌다.

이사부는 급히 한 무릎을 꿇고 머리를 깊이 조아렸다.

"감, 감축 드립니다, 마마……."

그의 머리 위로 지소의 위엄 있는 음성이 울렸다.

"나의 아들이 왕좌에 오르는 날, 모든 병권을 대장군께 드리겠어요. 화백회의 따윈 필요 없을 것입니다."

이사부가 고개를 들었다.

"왕손의 대부가 되어 주세요."

지소의 명은 지엄했다. 그녀는 한 손으로 배를 쓰다듬으며 이사부의 팔을 잡고 자신의 침소로 향했다.

*

얼마 후, 탁자 옆 향로에 불이 켜졌다.

침상에서 눈을 뜬 지소가 옆에 이사부가 없는 것을 확인하곤 비단이불로 몸을 감싸 일어났다.

"이 새벽에 뭐 하시는 겁니까?"

인기척을 느끼지 못한 이사부가 깜짝 놀라 돌아봤다. 웃옷을 여미지 않은 그의 가슴에 반쪽 옥패가 흔들렸다. 지소는 미간을 살짝 찌푸리며 탁자 위로 시선을 돌렸다.

"이건 대지도가 아닙니까?"

"예, 마마."

신라, 가야, 백제, 고구려 4개국의 영토가 그려진 지도 위에는 각 나라를 대표하는 말이 세워져 있었다.

"손자의 병법서에 이르기를, 최상의 승리는 모략을 이용하여 싸우지 않고 이기는 '벌모'(伐謀)라 하였습니다."

이사부가 가야의 말을 잡아, 천천히 움직여 신라 땅으로 옮겼다.

지소는 어리둥절했다. 무슨 말을 하려는 건지 도무지 알 수가 없었다.

이사부가 이번엔 한 손으로 신라, 가야의 말을 함께 잡

고, 다른 손으로 백제 말을 잡아 동시에 북으로 움직여 고구려에게 빼앗긴 백제의 옛 도성 한성으로 모아,

"백제를 적으로 본다면, 자국과의 동맹[15] 지속은 득이 되지 않을 것입니다. 바로, 적의 동맹을 끊어 고립시키는 '벌교'(伐交)입니다."

신라, 가야의 말로 백제 말을 툭! 쳐 쓰러뜨렸다.

"마지막은 고구려, 병력으로 치는 '벌병'(伐兵)입니다."

이사부가 신라, 가야의 말을 잡고 고구려의 도성, 평양성까지 쭉 밀어 올렸다. 순간 지소가 탄성을 실렸다.

"이, 이것은……!"

"예, 마마. 대 신라 통일제국입니다!"

확신에 찬 이사부에게 지소는 한숨으로 답했다.

"허나, 지금은 영토를 확장할 때가 아니잖습니까. 왕실과 조정이 위화랑 손에 놀아나고 있어요. 위공뿐이 아닙니다. 궁에는 온통 적뿐인 걸요……."

"마마, 영웅은 난세에 난다 하였습니다."

이사부야말로 영웅의 기백이 넘쳐흘렀다.

"적의 수가 많고, 세가 불리하면 어찌해야 한다 하였

---

15) 서기 433년에 신라와 백제 간에 체결된 '나제동맹'.

습니까?"

고개를 갸웃하며 생각에 빠졌던 지소가 눈을 번쩍 뜨며 외쳤다.

"이이공이(以夷攻夷)! 적을 이용하여 다른 적을 친다!"

"예, 맞습니다. 마마, 명심하십시오."

지도를 돌돌 마는 이사부를 바라보며, 지소는 마음속으로 다짐했다.

'예. 추울수록 잎을 모두 떨어뜨리고 앙상한 가지만 남겨 그리 겨울을 지낼 것입니다. 그렇게 하늘을 속여 바다를 건널 것이에요.'

* * *

곱게 단장한 남모 원화가 수지공의 처소를 향해 천천히 복도를 걸어갔다. 걸음걸음마다 수지공이 보낸 밀서의 내용이 귓가에 울렸다.

한 걸음, 하늘에 올리는 제를 주관하시옵고.

두 걸음, 젊은 병사들의 수장이자 대 신라국의 옹주이신

세 걸음, 남모원화의 위신은 하늘에 닿을진대.

네 걸음, 어찌 같은 하늘 아래 다른 원화가 존재할 수 있단 말입니까?

다섯 걸음, 원하옵건대, 저의 사병을 규합하시어 힘을 비축하소서.

밀서의 내용은 이것이 다가 아니었다.

처소 앞에 멈춘 남모는 참담함과 모멸감에 치맛자락을 움켜쥔 두 손을 부르르 떨었다. 부왕은 궁을 버리고, 어머니는 본국으로 떠난 와중이었다.

그녀에게는 힘이 필요했다.

남모는 한참 동안 숨을 고르고 감정을 추스르고서야 입을 떼었다.

"문을…… 열라."

양문이 스르륵 열리자, 상의를 반쯤 풀어헤친 채로 술상 앞에 앉은 수지공이 보였다.

* * *

위화랑 처소에선 준정의 화려한 비파연주가 한창 중이었다.

침상에 비스듬히 누운 위화랑은 준정의 자태를 감상하고 있었다. 그때, 수지공의 처소 나인이 들었다. 위화랑의 심복이었다. 그녀의 은밀한 보고에 위화랑의 눈빛이 돌변했다.

* * *

다음날, 회의장에 수지공이 들었다는 소식에 융취공이 달려왔다.

"수, 수지공! 어, 어쩌자고 그러셨어요?"

턱을 괴고 앉아 고민 중이던 수지공이 의아해 되물었다.

"무슨 일을요?"

"남모원화와 사병을 규합하다니요?"

"……."

수지공은 되레, 별일 아닌 일에 웬 호들갑이냐는 듯 시선을 피했다. 융취공이 답답해 하며 목청을 높였다.

"지금 위공 형님의 진노가 이만저만이 아닙니다!"

그러자 수지공이 눈을 부릅뜨며 버럭 화를 냈다. 그는 '위화랑'의 눈치를 보는 융취공이 늘 못마땅했던 터였다.

"그럼! 일개 무희에게 원화직을 내린 위공 형님의 처사가 옳다는 것입니까?"

"아이고……. 참으로, 참으로 답답합니다."

융취공이 한숨을 폭폭 내쉬며 고개를 가로 흔들자, 수지공은 더욱 격분하여 주먹으로 탁자를 쿵 내리치며 핏대를 올렸다.

"더구나 하늘 아래 천주가 둘이 될 순 없잖습니까!"

순간, 문밖에서 위화랑의 목소리가 들렸다.

"예! 맞습니다!"

문이 벌컥 열리고 위화랑, 비량공, 아시공이 함께 들어왔다. 융취공은 깜짝 놀라 자리에서 벌떡 일어났다. 수지공은 고개를 돌려버렸다. 위화랑이 수지공의 뒷통수를 쏘아보며 말을 이었다.

"암요! 하늘 아래 신탁을 받는 자, 하나여야지요."

위화랑이 자리에 앉자, 비량공, 아시공이 헛기침을 하며 자리를 잡고 앉았다.

융취공이 조심스레 위화랑 눈치를 살폈다.

"허면, 응당 천주를 맡아오던 남모원화가……."

아시공이 비아냥대듯 입을 씰룩이며 그의 말을 잘랐다.

"그, 그, 왕실의 옹주가 제를 주관한다는 것이……."

비량공이 한술 더 떴다.

"그보다 남모의 모친은 백제의 공주가 아닙니까. 본국으로 돌아간 보과마마께서 혹여라도 백제와 결탁하여 남모원화와 병사들을 선동해 보세요."

순간, 수지공이 벌떡 자리에서 일어났다.

"거, 말씀이 지나치십니다!"

융취공이 얼른 나서야 했다.

"만일 남모의 원화직을 박탈하면, 되레 그 일로 백제의 오해를 살 수도 있어요."

"그러니까요!"

중재하려던 융취공의 뜻과 달리 수지공은 지원군을 얻은 양, 더욱 핏대를 올렸다.

"100년간 이어온 신라와 백제, 두 나라 간의 동맹을 고작! 무희 하나 때문에……."

"하여! 백제로 초대장을 보내 놓았습니다!"

드디어 위화랑이 말을 끊고 종지부를 꺼내 들었다.

"보과마마께서 오실 것입니다. 격구대회를 치를 것이에요. 모두가 지켜보는 앞에서 정정당당히 승패를 겨뤄, 이긴 자가 이번 '입춘 천도제'의 주관을 맡게 될 것입니다."

위화랑의 발언에 비량공, 아시공은 고개를 끄덕이고, 융취공과 수지공은 말문이 막혀버렸다.

"그보다, 왕좌를 이리 오래 비워둘 순 없는 바……."

위화랑이 주청서를 탁자 위에 올렸다.

"폐하께 올릴 선위 주청서입니다. 어서들 기명하시지요."

이때, 문이 벌컥 열렸다.

"여기들 모여 계셨군요."

입종이었다. 이사부와 지소도 함께였다.

모두 놀라 일어나 예를 갖춰 허리를 굽혔다.

"그간 왕실에 손이 없어 근심들이 이만저만이 아니셨지요. 허허허."

입종의 호탕한 웃음에 이어, 이사부가 위엄 있는 어조로 고하였다.

"내물대왕의 4대손이신 갈문왕과 유일한 진골정통이신 지소공주마마께서 합방을 이루시어 왕손을 잉태하시었으니 모두 예를 갖추시오!"

다섯 명의 공자들은 일제히 경악하여 입을 다물지 못했다. 지소가 앞으로 나와 만삭의 배를 자랑스럽게 쓰다듬자, 모두 그녀의 앞에 한 무릎을 꿇고 머리를 조아렸다.

"마마, 감축 드리옵니다."

"감, 감축 드리옵니다. 마마……."

그 누구도 넘볼 수 없는 절대 권력의 명분 앞에서 무릎 꿇은 위화랑은 분에 찬 눈매가 파르르 떨렸다. 그의 춘몽이 또다시 좌절되는 순간이었다. 원종(법흥왕)의 바람대로, 왕위계승에 감히 반대할 자 아무도 없는 절대 군주의 시대가 온 것이다.

6. 왕손의 탄생

서기 534년. 신라 궁

지소의 산통이 시작되었다.

나인들은 처소를 분주히 들락거리고, 애가 끊어져라 지르는 산모의 통성은 밤이 새도록 계속되었다. 지소가 천장에 매달린 끈을 부여잡은 채로 추욱 늘어졌다.

"힘을 주세요! 마마, 힘을 주셔야 합니다!"

애간장을 태우는 산실의 의녀들도 녹초가 되어갔다.

그때, '나무아미타불 관세음보살······.' 정신이 혼미해진 지소의 귓가에 염불과 목탁소리가 울렸다. 분명, 원종(법흥왕)의 음성이었다.

'아이를 지키지 못하는, 못난 어미가 되지 말란 말입니

다!'

아버지의 불호령에 정신이 번쩍 들은 지소가 갑자기 두 손목을 비틀어 끈을 쥐어짜듯 잡았다. 그리고는 끊어질 듯 아래로 잡아당기며 비명을 질렀다. 으-에앵! 아이의 울음소리를 듣는 순간 지소는 정신을 잃었다.

"마마! 왕손마마 이시옵니다!"

의녀들과 처소 밖 궁녀들이 모두 바닥에 엎드렸다.

"감축 드리옵니다! 마마!"

* * *

흥륜사 법당에도 소식이 전해졌다.

원종(법흥왕)은 두 손을 합장하여 금불상을 향해 정성스레 절을 올렸다.

"나무아미타불 관세음보살……."

자비로운 석가모니를 올려다보는 원종의 눈가에 눈물이 흘러내렸다.

* * *

삼맥종의 탄생 후, 백일

왕손 축하연에 초대된 백제, 가야 사신단이 신라로 향했다.

"백제 공주이신 보과마마께옵서 사신단과 함께 들어오십니다!"

줄지어 선 문무백관들이 중앙을 향해 허리를 굽히자, 보과와 사신단 그리고 그 뒤로 각종 선물을 가득 실은 마차가 들어섰다.

상좌에 앉은 입종과 아이를 안고 있는 지소가 자리에서 일어났다. '칠성' 중 원종을 제외한 여섯 명의 공자들과 신라의 두 원화인 남모와 준정, 그리고 옥진과 비대군 모두 예를 갖추어 대전 안으로 들어서는 그들을 맞이했다.

"어서 오세요. 오랜만에 뵙습니다."

지소가 먼저 인사말을 건넸다.

"공주마마, 왕손마마 탄생을 축하드립니다."

보과와 사신단이 일제히 허리를 숙였다.

"고맙습니다. 허허허."

입종은 금포대에 싸인 아이를 흐뭇하게 바라봤다.

사신단이 옆으로 물러나고, 보과가 어머니 남모와 재회의 기쁨을 나누는 사이,

"가야에서 왕자내외마마 오셨습니다!"

무력과 가희가 가야 사신단을 이끌고 대전 안으로 들어섰다. 갑자기 곳곳에서 웅성대며 감탄의 탄성이 터져 나왔다. 모두의 시선이 젊고 아름다운 왕자비 가희에게 집중되었다.

"왕손 마마의 탄생을 감축 드립니다!"

무력왕자의 인사에, 아이를 보고 있던 지소가 뒤늦게 얼굴을 들었다. 순간, 지소의 표정이 경직되어 얼어붙었다.

이사부도 놀라긴 마찬가지였다.

'연, 연화야…….'

20년 전 생이별을 했던 연화가 살아 돌아온 것만 같았다. 이사부는 입을 다물지 못한 채로 가희에게서 눈을 떼지 못했다.

"삼국의 왕족이 이리 한데 모여 기뻐해주시니 참으로, 참으로 좋습니다. 허허허!"

입종이 모두에게 감사를 표하자, 지소가 얼른 놀란 기색을 감추고 말을 이었다.

"친히 먼 걸음들 해주시느라 애쓰셨습니다. 오늘밤은 여독을 푸시고, 내일 격구대회와 만찬 연회가 준비되어 있으니 모두들 맘껏 즐겨주시기 바랍니다."

"성은이 망극하옵니다! 공주마마."

모두가 입을 모아 외치는 소리에 아이가 울음을 터트렸다. 지소는 아이를 달래주며 곁눈으로 가희의 모습을 응시했다.

'닮아도 너무 닮았어! 혹시 연화 언니의? 아니 그럴 리 없어…….'

* * *

밤이 되자, 지소가 운풍을 대동하여 은밀히 격구장 내 마구간을 찾았다. 운풍이 주위를 경계하여 살피는 동안, 마구간지기가 지소 앞으로 대령했다.

"이 일은 무덤까지 가져가야 할 것이다."

마구간지기에게 약봉지를 건네는 지소의 손끝이 떨

렸다.

"예, 예, 마마. 여부가 있겠습니까,"

마구간지기는 봉지를 냉큼 옷소매에 집어넣었다.

"격구대회가 끝나면 야밤을 틈타 식구들과 성을 빠져나가거라."

은덩이를 내밀자, 마구간지기가 침을 꿀꺽 삼키며 두 손으로 받아들더니 바닥에 넙죽 엎드렸다.

"성, 성은이 망극하옵니다. 마마……."

* * *

돌아온 처소에는 급한 전갈이 그녀를 기다리고 있었다. 지소는 즉시 입종에게 달려갔다.

"어서 열라!"

침상에 누워있는 입종을 본 순간, 지소의 심장이 덜컹 내려앉았다. 벌겋게 열꽃이 잔뜩 핀 얼굴에는 여러 대의 침이 꽂혀 있었다. 입종의 맥을 짚고 앉은 태의가 일어나 지소에게 고개를 숙였다. 지소는 잔뜩 긴장한 얼굴로 입종에게 다가앉았다.

"숙, 숙부님……."

입종은 의식이 없었다.

"어, 어찌 이러시는 게야?"

태의가 무릎을 꿇고 대답을 망설였다. 표정이 심각했다.

"어서, 어서 말해보게!"

태의가 어렵사리 입을 떼었다.

"갈, 갈문왕께옵서는 조금만 과로를 하시어도 아니 되옵는데……."

"아니 되옵는데!"

지소가 다시 한번 다그쳤다.

"이리 열이 오르시면…… 약을 맘 놓고 쓸 도리가 없는지라……."

"뭐라!"

지소의 벼락같은 호통에 태의가 바닥에 납작 엎드렸다.

"자네 지금 목을 놓고 말하는겐가?"

"독, 독이 없는 약재를 써볼 것이옵니다."

태의가 바닥에 머리를 조아린 채로 대답했다.

"허면, 나을 순 있으신겐가?"

지소가 몰아쳤다.

"워, 워낙 약한 약재이오라…… 차도는 기일이 좀 걸릴 듯 하옵니다."

태의의 말에 지소는 그제야 놀란 가슴을 쓸어내리며 숨을 크게 한번 들이마셨다. 그리고는 입종에게 가까이 다가가,

"숙부님, 기운을 내세요. 좋은 날이 아닙니까."

보채는 아이처럼 울먹거렸다,

"마마……."

태의가 낮은 소리로 지소를 불렀다.

"고하라."

고개를 돌려 눈이 마주치자, 태의가 바로 고개를 숙였다. 이마에서 식은땀이 흘러내렸다.

"송, 송구하오나…… 갈문왕께서는 원체 양기가 부족하시어 합방을 치르실 수 없으시온데……."

바로 그 순간, 챙그렁! 문밖에서 소리가 났다.

지소의 날카로운 시선이 문 쪽으로 향했다.

탕약 그릇을 떨어뜨린 옥진이었다.

기겁하여 도망치는 그녀를, 운풍이 지켜보고 있었다.

"송, 송구하옵니다. 마마…… 죽, 죽여주시옵소서."

"지금 그 사실을 또 누가 아느냐?"

납작 엎드린 태의에게 지소가 나지막이 물었다.

"폐, 폐하께옵서 극비의 명을 내리시어……."

지소는 알았다는 듯이 말을 잘랐다.

"알았네. 내 자리를 지킬 것이니 태의는 그만 물러가 있으라."

태의가 부들부들 떨며 자리에서 일어났다. 그가 뒷걸음질로 물러날 때까지 지소는 굳은 표정으로 입종을 응시했다.

'숙부님, 아직은 아니십니다. 버텨주셔야지요. 약조하시지 않으셨습니까. 조금만, 조금만 더 버텨주세요…….'

곧이어 운풍이 들어와 지소에게 귓속말로 본 것을 고하자, 지소의 눈빛이 매섭게 돌변했다.

* * *

태의가 궁 문 앞에서 안절부절 못하고 서성였다. 그는 약재를 구하러 간 의녀를 기다리고 있었다. 의녀가 헐레벌떡 뛰어왔다.

"어서, 어서가 탕약을 준비하거라!"

곧장 의녀를 떠밀어 보내고서 안도의 한숨을 내쉬는데, 뒤에서 인기척이 느껴졌다. 고개를 돌리는 찰나, 그의 등에 검이 꽂혔다. 축 늘어진 태의를 둘러업은 복면한 자객은 운풍의 수하였다.

* * *

입종의 처소에서 도망치다시피 나온 옥진은 곧장 수지공을 찾았다. 하지만 그는 처소에 없었다. 옥진은 불안에 떨며 발길을 돌렸다.

'갈문왕은 양기가 부족하여 합방을 치를 수 없다는 태의의 말인즉, 왕손이 갈문왕의 씨가 아니다……? 그럼 대체 누구의? 아니 그보다, 이 사실을 아는 자는 흥륜사에 계신 폐하와 태의, 지소공주, 그리고…….'

그 순간, 등줄기에서 오싹한 기운이 느껴졌다. 돌아볼 찰나의 여유도 없었다. 약 묻은 천이 그녀의 입을 틀어막았다. 운풍이었다. 그는 옥진을 포대에 씌워 들쳐업었다.

같은 시각, 그의 수하들은 비대군의 처소로 잠입했다. 곤히 자고 있던 비대군은 포대에 씌워진 채 자객들과 함께 사라졌다.

*　*　*

수지공은 남모원화와 함께 있었다.

"조심하셔야 할 겁니다. 분명 계략을 꾸미고 있을 거예요. 위공 형님께서 격구대회를 그냥 제안했을 리 없단 말입니다."

수지공은 남모를 진심으로 걱정하고 있었다. 그의 마음은 결탁하여 맺은 사이 그 이상이었다. 하지만 남모는 달랐다. 자구책으로 승낙했던 그날의 일을 깊이 후회하고 있었다. 더구나 왕손의 탄생으로 위화랑과 준정원화가 더는 위협적이지 않다고 여겼다.

"너무 심려치 마세요. 준정의 기마술이 뛰어나다고는 하나, 일개 무희인 것을요."

둘의 사이에 놓인 찻잔이 덧없이 식어갔다. 어색한 적막이 흘렀다.

"수지공이 들어계신다고?"

문이 열리고, 보과부인이 언짢은 표정으로 수지공을 스
윽 훑으며 들어섰다. 수지공은 예를 다해 허리를 굽혔다.

보과부인은 승하하신 보도왕후 다음으로 내명부에서
서열이 가장 높았으며, 백제의 공주로써 그 권력이 신라
에서도 막강했던 인물이다. 적어도 원종이 궁을 떠나기
전까지는.

"이 늦은 시간에 공께서는 어인 일로……."

당황한 남모가 나서서 말을 잘랐다.

"어, 어머니, 이리, 이리로 올라앉으세요."

남모는 어머니께 수지공과의 사이를 들키고 싶지 않
았다.

보과가 상석에 자리를 잡고 앉자마자,

"이 모진 궁에 옹주 홀로 남겨 두고……."

울컥하여 옷고름을 들었다.

"백제로 함께 보내 달라 주청을 올릴 거예요. 그리 아
세요…… 흑흑."

보과가 눈물을 훔치자, 남모가 보과의 손을 잡고는,

"어머니, 저는 괜찮습니다……."

걱정말라는 듯이 고개를 끄덕였다.

하지만 남모의 생각은 달랐다.

"내일 있을 격구대회에서 절대 이길 생각 마세요. 천주직도 내어드리세요."

"어머니!"

"마마!"

남모와 수지공이 동시에 당혹감을 드러냈다.

"원화자리에 준정 계집을 앉히지 않았습니까. 이 어미와 함께 백제로 가는 것으로 알겠습니다."

보과는 단호했다.

"마마, 일개 무희가 신라의 근간을 흔들 수도 있습니다."

수지공이 보과 앞으로 나섰다.

"허면! 색공녀 준정을 내치라, 그리 위공께 주청이라도 드리실 겁니까?"

불호령에 수지공이 남모에게 시선을 돌렸다. 보과는 상체를 앞으로 숙여 남모의 안면에 대고 고개를 가로저었다.

"쉽게 대적할 자가 아닙니다. 더 큰 화를 입기 전에 모두 내어드리란 말입니다."

남모는 다소 차분한 어조로 보과를 진정시켰다.

"어머니……. 내일 제가 이기면 준정도 한풀 기가 꺾일 거예요. 수지공께서는 추후 단일 원화제 건을 주청 올린다 약조하셨고요."

수지공은 결의에 찬 표정으로 고개를 끄덕였다.

"예, 마마. 그리할 것입니다."

그렇다고 쉬이 마음을 접을 보과가 아니었다. 밤은 짙어가고 보과의 한숨은 깊어갔다.

* * *

옥진이 깨어난 곳은 궁 일각 어느 창고였다. 입에 재갈이 물린 채로 두 손과 발이 밧줄로 꽁꽁 묶여 있었다. 운풍이 지소 앞에 옥진을 무릎 꿇렸다.

"마마, 무엇을 들으셨습니까?"

겁에 질린 옥진이 고개를 연신 좌우로 흔들었다.

지소가 고개를 끄덕이며,

"예……. 아무것도 듣지 못하신 겁니다."

재차 확인하자, 옥진이 부들부들 떨며 따라서 고개를 끄덕 끄덕였다.

"헌데, 왜 이리 떨고 계십니까? 귀신이라도 본 것입니까?"

냉소적인 비아냥거림이었다.

옥진이 절레절레 고개를 흔드는데,

"아무래도 뭔가에 놀라, 기가 쇠하신듯하니 당분간은 제가 편히 모시도록 하겠습니다."

앞으로 닥칠 암담한 처지를 대수롭지 않게 일러준 지소가 돌아서 가려다 말고 다시 고개를 돌렸다.

"참, 비대군은 고뿔이 들어 피접을 보냈습니다."

순간, 경악하여 몸부림치는 옥진을 운풍이 제압했다.

"걱정마세요. 다치진 않을 겁니다."

소름 돋는 말을 남긴 지소는 유유히 창고 밖으로 나왔다. 그리고 신음소리가 새어 나오는 문에 빗장이 걸렸다.

7. 암투의 서막

격구장 내 마구간

이른 새벽, 마구간지가가 말들에게 차례로 여물을 주다가 준정의 흑마 앞에 섰다. 이마에는 식은땀이 송골송골 맺혔다. 흑마는 콧구멍을 벌름거리며 긴 혀를 내밀어 입맛을 다셨다. 녀석은 태어날 때부터 마구간지기가 돌봐주던 놈이었다.

콧잔등을 쓰다듬자, 녀석이 새까만 눈동자를 끔벅이며 고개를 끄덕였다. 마구간지기가 녀석의 볼에 이마를 대었다. 녀석이 뭔가를 감지했는지 촉촉한 콧바람을 힝 내뿜었다.

긴 한숨으로 마지막 인사를 대신한 마구간지기가 주위

를 한번 스윽 돌아보고는 잽싸게 여물통에 가루를 뿌렸다. 그리고 옆에 놓인 삼지창을 들어 휘휘 저었다. 여물과 함께 뒤섞여 녹아버리는 가루처럼 그의 죄책감도 서서히 식어갔다.

잠시 후, 멀리서 동이 트기 시작했다.

* * *

격구 대회

백성들이 격구장으로 몰려들었다.

왕족과 조정대신들, 각 나라의 사신단이 중앙 본부석에 자리를 잡았다.

둥둥 둥둥둥……!

북소리가 요란하게 울리고, 격구장을 에워싼 병사들이 오색 깃발을 좌우로 힘차게 흔들자, 양 진영에서 선수들이 입장했다. 각 팀 네 명씩 여덟 명의 선수들이 제각기 채를 휘두르며 현란한 기마술을 선보이고, 관중석에서는 함성과 박수갈채가 잇따라 터져 나왔다. 곧이어 갑주를 두른 남모와 준정이 각각 백마와 흑마를 타고 등장하자, 관중은 더 크게 환호성을 질렀다.

드디어, 경기 시작을 알리는 뿔나팔이 길게 울려 퍼졌다. 백마의 남모가 먼저 공을 치고 앞으로 달려나갔다. 준정도 재빨리 말을 몰아 그 뒤를 바짝 추격했다. 거리가 좁혀지자, 준정이 채를 들어 백마의 둔부를 가격했다. 순간, 백마가 히이잉! 비명을 지르며 쓰러질 듯 휘청거렸다. 가까스로 중심을 잡은 남모가 말머리를 돌렸다.

그 사이, 구문 앞까지 내달린 준정이 채를 높이 들어 크게 휘둘렀다. 순간, 채 끝이 햇빛에 반사되어 쨍하고 빛났다. 쇠장식이었다! 공은 구문으로 정확하게 들어가고, 오색 깃발이 휘날렸다. 관중석과 본부석에서 함성이 터져 나왔다. 누구보다 기뻐하는 위화랑은 엉덩이를 들썩거리며 흥분을 감추지 못했다.

공격권은 남모 편에게 돌아갔다. 남모 편의 선수들이 준정 편의 선수들을 각개로 맡아 길을 막기 시작했다. 선수들이 터준 길을 따라 돌진하는 남모는 수시로 뒤를 돌아보며 준정의 추격을 경계했다. 드디어 남모가 구문을 향해 공채를 휘둘렀다. 격구장 안은 환호소리로 가득 찼다. 이번엔 수지공이 두 팔을 위로 번쩍 들어 자리에서 일어났다. 경기는 원점이 되었다. 각 진영에 팽팽한 긴장감이 돌았다.

공격권은 다시 준정 편에게 주어졌다. 선수가 넘겨준 공을 받으려는 준정 옆으로 붙은 남모가 공을 가로채 재빨리 말머리를 돌렸다. 이때, 준정이 백마의 둔부를 향해 쇠장식이 박힌 채를 휘두르는데, 순간 끼어 들은 남모 편 선수의 다른 말이 채에 맞아 히잉! 비명과 함께 쓰러졌다.

남모는 힘차게 구문을 향해 돌진하여 공채를 휘둘렀다. 곧이어 오색 깃발이 휘날리고, 환호가 터졌다. 남모 편 선수들은 승리를 예감하며 관중들을 향해 채를 높이 쳐들어 보였다. 흥분한 관중들이 두 팔을 번쩍 들어 환호성을 질렀다.

그 순간, 준정이 공을 몰고 달리기 시작했다. 아직 시작의 깃발이 올라가기 전이었다. 남모 편은 재정비도 갖추지 못한 상태였다. 준정 뒤로 대열을 맞춰 달리는 준정 편 선수들은 각개로 쫓아오는 남모 편 선수들을 저지했다. 구문이 코앞이었다. 달리던 준정의 흑마가 갑자기 괴로운 듯이 머리를 세차게 좌우로 흔들더니 앞다리를 번쩍 쳐들었다. 준정은 공중으로 날아 바닥으로 곤두박질 쳐지고, 투구가 벗겨져 긴 머리가 바람에 흩날렸다. 그리고 그 옆으로 흑마가 풀썩 쓰러졌다. 흑마는 머리를 몇 번 들어 올리려다 힘없이 떨어뜨리고는, 입에서 흰 거품을 내뿜더니 결국 긴 혀를 옆으로 축 늘어뜨렸다.

본부석 귀빈들과 관중들은 일제히 환호를 멈추고 낮은 소리로 웅성대기 시작했다. 위화랑이 한 손을 높이 쳐들자, 경기 중단을 알리는 뿔나팔이 울렸다. 갈팡질팡 갈피를 못 잡고 있는 남모에게 모여든 선수들이 그녀를 에워싸고 채를 번쩍 들어 승리를 표했다. 조용했던 관중들은 금세 다시 박수를 치며 함성을 질렀다.

본부석 귀빈들은 어리둥절한 표정으로 어쩔 줄 몰라하고, 대신들은 곁눈질로 위화랑의 눈치를 살폈다. 위화랑은 들것에 실려 나가는 준정을 안타깝게 지켜봤다. 그의 얼굴은 걱정과 낙담으로 일그러져 있었다.

* * *

도성에 어둠이 깔렸다. 굳게 닫힌 성문을 지키는 병사가 은덩이를 받아들었다. 마구간지기의 손짓에, 성벽에 붙어 몸을 숨긴 식솔들이 줄줄이 모습을 드러냈다. 허리가 굽은 노모와 아이를 업은 부인, 큰딸과 어린 아들 모두 보따리를 머리에 이고 짊어진 채로 빠른 걸음으로 성문을 빠져나갔다. 마구간지기는 식솔들을 거느리고 서둘러 밤길을 재촉했다.

하지만 얼마 가지 않아, 기다리는 자객들에 의해 차례로 피를 흘리며 쓰러졌다. 운풍과 그의 수하들이었다. 시체들을 실은 수레가 밤안개 속으로 사라졌다.

* * *

위화랑은 준정의 처소로 달려갔다.

머리에 붕대를 감고 누워있던 준정은 인사 대신 앓는 소리를 내었다.

"괜, 괜찮은 것이냐? 고운 얼굴이 이리 상하였구나."

위화랑은 준정의 모습에 어찌할 줄을 몰랐다. 으으으…… 신음이 점점 더 커졌다. 위화랑은 분노가 쳐 올랐다.

"내 이 일은 절대 좌시하지 않을 것이다!"

준정이 신음을 멈추고 위화랑을 응시했다.

"죽은 말은 말이 없을 진데…… 어찌 증좌를 찾겠습니까."

체념 섞인 한탄의 소리였다.

위화랑은 그런 그녀가 애처로워 얼굴을 연신 쓰다듬으며, "그런 소리 말거라……. 내 반드시 범인을 잡아낼 것이야……."라며 넘치는 애정을 과시했다. 이때 복면한 자객이 급히 들어왔다. 위화랑의 수하였다.

"마구간지기가 식솔들과 함께 사라졌습니다."

"뭐라!"

"저희가 한발 늦은 것 같습니다. 송구합니다."

자객이 고개를 숙였다.

"멀리 못 갔을 것이다. 성 밖 인근을 샅샅이 뒤져라! 반드시 찾아내야 한다!"

"예!"

자객이 물러나자, 준정이 의아하여 물었다.

"마구간지기가 사라지다니요……?"

"이는 분명 남모와 결탁한 수지공의 짓일 것이다!"

위화랑은 분노에 찬 눈빛으로 결의를 다졌다.

* * *

연회

왕족과 조정대신들, 각 나라의 사신단 모두 연회장에
모였다. 여기저기 술잔이 부딪치고 호탕한 웃음소리가
장내에 가득 찼다. 풍악소리에 맞춰 화려한 비단옷을 입
은 무희들이 빙글빙글 돌다가 중앙으로 한데 뭉쳐, 피어
오르는 연꽃을 만들었다가 흩어져 물러나자 풍악이 멈
췄다.

곧이어 한 여인이 양손에 검을 들고 무대로 등장했다.
검은 비단으로 얼굴을 가렸으나, 그 자태로 가야의 왕자
비, 가희임을 모두가 짐작했다. 연회장 내 모든 이들이
숨을 죽이고 그녀에게서 시선을 떼지 못했다.

앞으로 날아올라 뻗은 검끝의 바람소리가 고요함을 가
르고, 검을 접고 뱅그르르 도는 그녀의 모습은 마치 한

마리 학처럼 고결했다. 그녀의 검무는 절도와 기개가 넘쳐흘렀다. 너나 할 것 없이 모두가 입을 벌린 채 놀라움을 금치 못할 때, 이사부는 '연화'를 떠올렸다.

'저…… 몸짓, 눈빛, 손끝…… 너무도 닮지 않았는가!'

갑자기 심장이 저려오는 통증에 가슴을 움켜쥐었다. 그러는 사이 가희가 물러나고, 지소가 자리에서 일어나 잔을 들었다.

이목이 집중되자, 지소가 주위를 빙 둘러보다가

"이렇게…… 다들 모여 주시었는데, 폐하께서도 함께하셨음 얼마나 좋았겠습니까."

목이 메어 차마 말을 잇지 못하자, 비량공이 자리에서 일어났다.

"마마……, 저희가 있잖습니까."

연회장에 위화랑이 있었더라면 절대 엄두도 내지 못할 행동이었다, 예상치 못한 격구대회의 결과로, 위화랑의 행보에 차질이 빚어진 것은 자명한 사실, 앞으로 어찌해야 할지 의문이 드는 터였다.

수지공도 질세라, 재빨리 자리에서 일어나 잔을 높이 쳐들고는

"자! 왕손마마의 탄생을 위하여!"

라고 외치자, 모두 잔을 높이 들고 '천세! 천세! 천천세!' 라고 외쳤다.

모두가 잔을 비울 때, 환복하고 돌아온 가희가 무력왕자 옆자리에 착석하며 지소와 눈을 마주쳤다.

"이리, 이리로 오세요!"

지소가 손짓하며 가희를 불렀다.

"이리로들 모이세요!"

보과부인과 남모원화도 불러 모았다. 가희, 보과, 남모가 한자리에 모여 앉자, 기다렸다는 듯이 지소의 심복인 나인이 각각 잔을 나눠주는데, 갑자기 손을 떨며 마지막 남은 잔을 잡지 못했다. 이때 지소가 얼른 나서 잔을 남모 앞에 내려놓고는, 입가에 미소를 지으며 직접 술을 차례로 따라주었다.

"자자! 삼배입니다. 첫 잔은 삼국의 화합주요!"

지소가 잔을 위로 치켜들자, 모두 따라서 잔을 들었다가 함께 잔을 비웠다.

이번엔 나인이 술병을 들었다. 그런데 유독 남모에게 술을 따를 때 또다시 손을 떨었다. 지소의 날선 눈빛이 나인의 손끝으로 향했다. 나인은 떨리는 손을 부여잡고 겨우겨우 잔을 채웠다.

"두 번째 잔은, 왕손 탄생 축하요!"

다함께 잔을 비우자마자, 다시 지소가 잔에 술을 가득씩 채웠다.

"세 번째 잔은, 남모원화의 승리 축하주입니다!"

모두가 비운 잔을 탁! 내려놓고는 서로 마주보며 호탕하게 웃는데, 남모를 향한 지소의 눈빛이 살짝 떨렸다.

*

이사부는 가희가 비운 자리에 앉아 무력과 술잔을 기울이고 있었다.

"왕자마마, 시시각각 출몰하는 왜놈들로 고심 중이시라고요?"

조심스럽게 떠본 질문에 무력이 다소 못마땅한 표정을 지었다.

"허면, 대장군께서 몰아낸 왜놈들이 가야국으로 눈을 돌린 탓이란 것도 알고 계시겠군요."

약간의 원망과 질책하는 어조였다.

이사부는 무력 쪽으로 의자를 붙여 앉더니 작은 소리로 은밀하게 고하였다.

"하여, 겸사겸사 이리 모신 것이 아니겠습니까."

무슨 영문인지 모르는 무력이 난처한 표정을 짓자, 이사부는 백제 사신단 쪽을 힐끔 쳐다보더니 무력의 귀에 가까이 대고 속삭였다.

"가야와의 군사동맹을 원합니다."

무력의 동공이 확장되어 그대로 멈췄다.

"신라는 일찍이 백제와 동맹을 맺지 않았습니까? 더구나 백제는 우리 가야와 사이가 좋지 않습니다."

"가야와 신라가 힘을 합친다면, 그 누구도 대적할 수 없을 것입니다."

이사부의 발언은 거침이 없었다. 이사부는 주위를 스윽 살피더니 더더욱 목소리를 죽여 속삭였다.

"내일 아침 제 처소로 은밀히 오십시오."

그러고는 누가 눈치라도 챌세라 슬며시 자리에서 일어났다.

백제와 가야의 사신단, 신라 조정 대신들은 모두 뒤섞

여 흥에 취해 술에 취해 웃음이 끊이지 않았다.

지소가 앉은 원탁에서도 즐거운 담소가 이어지고 있었다. 그런데 말이 없어진 남모가 갑자기 구토 증상을 보였다.

"옹주! 괜찮은 것입니까?"

"괜찮으십니까?"

"예……. 예, 괜찮습……."

올라오는 구토를 가까스로 참아 넘기는 남모는 괴로움이 역력했다.

"공주마마, 송구합니다. 아무래도 옹주를 처소로……."

보과가 자리에서 일어나려는데,

"마마, 마마께서 자리를 비우시면……."

지소가 눈짓으로 백제 사신단 쪽을 가리켰다. 그리고 곧바로 시선이 가희에게로 향했다.

"송구하오나…… 마마께서 수고 좀 해주시겠습니까?"

"예? 예……. 제가 모시겠습니다."

살짝 당황스러웠으나, 가장 어린 자가 움직이는 것이 당연한 처사라 여겼다. 가희가 남모를 부축하여 일으키

려는데, 이미 그녀는 눈이 풀리고 몸도 제대로 가누지 못하는 상태였다.

보다 못한 보과가 옆에서 거들며 남모에게 핀잔스런 어조로 쏘아붙였다.

"옹주! 옹주! 정신 좀 차려 보세요!"

"아, 예, 예……."

남모가 정신이 들었는가 싶더니 가희의 어깨에 머리를 떨어뜨렸다.

"그럼…… 부탁드리겠습니다."

보과가 가희에게 고개를 살짝 숙여 인사하자, 지소가 재촉하고 나섰다.

"어서, 어서 모시고 가세요."

가희가 남모의 팔을 어깨에 감고 한발 한발 걸어가다가 심하게 휘청거려 둘이 함께 앞으로 고꾸라질 뻔했다. 다행히 가희가 남모를 겨우 부여잡아 일으켜 세우는데, 그 순간 가희가 차고 있던 목걸이가 바닥으로 툭! 떨어졌다.

이를 지켜보고 있던 지소가 슬며시 다가가 목걸이를 주웠다. 이 사실을 알 리 없는 가희는 이미 연회장 밖으로 나가고 있었다.

'아니, 이, 이것은……!'

목걸이의 옥패 문양을 본 지소는 놀라움을 금치 못했다. 이때, 이사부가 그녀에게 다가왔다.

"마마, 괜찮으십니까?"

재빠르게 소매 속으로 목걸이를 숨긴 지소의 얼굴은 새하얗게 질려 있었다.

"마마, 안색이 좋지 않으십니다. 몸을 푸신 지 얼마되지 않으셨는데 무리하시면……."

"저, 저는 괜찮으니 염려치 마세요. 호호호……."

지소가 급히 그의 말을 자르고, 억지웃음을 지어 보였다. 그리고 이사부의 등을 밀어 자리로 돌려보냈다. 연회장 밖으로 나가는 가희와 이사부를 번갈아 보는 그녀의 눈빛이 마구 요동쳤다.

'공께서…… 그리도 애타게 찾으시던…… 연화 언니의…… 허나! 이젠 어찌할 도리가 없습니다.'

지소는 떨리는 입가에 힘을 주어 미소를 지었다. 그리고 잔을 들고 하객들과 눈인사를 이어갔다.

8. 싸우지 않고 이기는 법, 벌모(伐謀)

신라 궁

지소는 스스로 움직여야 했다.

왕손에게 힘이 되어주기로 약조한 이사부는 엄연히 신라의 대장군이나, 아직 그를 따르는 군사력이 약하다. 국경과 해안 수방에 배치된 그의 병사들은 기동성이 부족하다.

가장 견제되는 군사력을 보유한 자는 수지공이다. 남모원화와의 결탁으로 따르는 사병의 수가 배로 늘어난 것이다.

또한, 아직은 비량공과 아시공의 지지를 받고 있는 위화랑이 언제든 비대군을 앞세워 왕좌까지 넘보려 들 것이다.

'제아무리 적의 수가 많다 한들, 영웅은 난세에 난다고 하였던가요. 싸우지 않고 이기는 법, 벌모(伐謀)가 가장 상수라 하였던가요. 예, 상대의 전략을 역공하겠습니다. 내부의 단합을 흩트려 스스로 무너지게 하겠습니다. 지켜보세요, 대장군. 반드시 나의 아들을 영웅으로 칭송받는 위대한 왕으로 만들 것입니다.'

지난 밤 늦도록 가실 줄을 모르던 웃음소리가 멈추고, 짙은 새벽안개가 낮게 깔린 궁 안은 음산한 기운마저 감돌았다.

가장 먼저 전갈을 받은 수지공이 떠도는 여인들의 곡소리를 따라갔다.

"아이고, 아이고…… 아이고……."

복도에 엎드려 곡을 해대는 나인들을 지나 처소 앞에 섰다. 활짝 젖혀진 문 너머로 누워있는 남모가 보였다. 수지공은 너무 놀라 그대로 문턱을 넘어가지 못하고 얼어붙었다. 위화랑, 비량공, 아시공, 융취공 그리고 이사부가 불안한 표정으로 복도를 지나 수지공 뒤로 멈춰 섰다.

"옹주마마께서 어찌 되셨다구요?"

지소가 나타나자, 모두 고개를 숙이고 길을 텄다. 지소의 시선은 나인 등에 업혀 나오는 보과에게로 향했다.

"어, 어찌 되신 것이냐?"

"송, 송구하옵니다……. 혼절하시었습니다……."

"어서, 어서 처소로 모셔라!"

다급한 어조였으나 놀란 표정은 아니었다. 그녀는 다소 침착하고 차분한 걸음으로 문턱을 넘어, 침상 위에 누워 있는 남모의 시신 앞으로 다가갔다.

공자들은 처소 밖에서 그대로 대기했다. 옹주의 침소에서 벌어진 일은 엄연히 내명부의 일이었기에 함부로 문턱을 넘어갈 수 없었다.

"옹주의 입이 보랏빛입니다!"

시신을 살피던 지소가 놀라 외쳤다.

수지공이 참지 못하고 뛰어들어갔다. 차갑게 식어 있는 남모의 얼굴을 확인한 수지공이 충격에 휩싸여 비틀대며 뒷걸음질을 하다가 겨우 탁자를 잡고 섰다.

"여봐라! 어서 태의…… 아니, 의녀, 의녀를 들이라!"

지소가 태의를 부르지 않은 까닭을 아무도 묻지 않

앉다. 그 연유 또한, 그 누구도 알지 못했다.

지소가 누구를 찾는 듯이 주위를 둘러봤다. 시선이 구석에서 떨고 있는 어린 나인에게서 멈췄다. 가까이 오라는 손짓에 어린 나인이 벌벌 떨며 지소 앞으로 가 허리를 깊이 숙였다.

"어젯밤 네가 처소를 지켰느냐?"

어린 나인은 말없이 고개만 끄덕였다.

"무슨 일이 있었던 것이냐? 사실대로, 본대로, 들은 대로 고하여라."

겁에 질린 나인이 입을 열었다.

"예…… 마마. 어, 어젯밤 가야국 왕자비마마께옵서 옹주마마를 부축해 오시어 자리에 뉘, 뉘이셨는데……."

마른 침을 꿀떡꿀떡 삼키며 울먹이는 나인이 말을 잇지 못하자, 지소가 매섭게 다그쳤다.

"뉘이시고! 자리끼를 내오라 했더냐?"

"예, 예…… 맞습니다, 마마. 맞습니다."

머리를 조아린 어린 나인의 저고리가 식은땀에 젖어 등짝에 찰싹 달라붙었다. 이때, 의녀가 침통을 들고 거친 숨을 몰아쉬며 들어왔다.

"마마, 찾아계시옵니까."

나인들의 곡소리며, 공주마마의 호출이며……. 이럴 때, 태의 어르신이 부재중이라니…….

이틀 전날 밤부터 행방이 묘연한 태의를 찾느라 정신이 없던 그녀였다.

'제대로 보필하지 못한 일로 경을 치실 텐데…….'

의녀는 이마에 흐르는 땀을 연신 닦아댔다.

"속히 옹주의 사인이 무엇인지 살피라!"

"예……?!"

그제야 주위 상황을 둘러본 의녀가 충격에 입을 다물지 못했다. 도망칠 수도 피할 수도 없는 일이었다. 의녀가 덜덜 떨리는 손으로 은침을 시신의 입안에 꽂았다.

"독, 독입니다! 독살이옵니다!"

파랗게 변색된 은침을 들어보이자, 옆에 섰던 수지공이 철퍼덕 그 자리에 주저앉고, 문턱 너머에서 이를 지켜보던 공자들은 혀를 차며 탄식했다.

지소가 기다렸다는 듯이 자리끼 그릇을 의녀에게 내밀었다. 그릇에 닿은 은침도 서서히 푸른빛으로 변해갔다.

"여봐라! 당장, 가야의 왕자비를 추포하라!"

벼락 치듯 내지르는 명이었다.

* * *

다섯 공자들이 회의장에 모였다. 원탁에 둘러앉은 위화랑, 비량공, 아시공, 융취공, 수지공 모두 넋이 나간 표정이었다.

"형님……, 어찌해야 합니까?"

비량공의 물음에 위화랑은 그저 심란한 표정만 지을 뿐이었다.

"폐하께선 불가에 계시고, 갈문왕께서는 병중이신데…… 이럴 때 나라에 큰 변고라도 생기면……."

탄식이 절로 나왔다.

"내명부의 일이라 섣불리 나설 수도 없고…… 참으로 답답합니다."

아시공도 한탄을 쏟아냈다.

"백제가 우리 신라를 의심할지 모릅니다. 가야 왕자비의 단독 범행이라는 걸 믿겠냐는 말입니다."

융취공이 멈칫하여 위화랑 쪽으로 고개를 살짝 돌려

한쪽 눈꼬리를 치켜뜨며 화재를 돌렸다.

"헌데, 이상하지 않습니까? 왕자비가 이런 무모한 짓을 저지를 리 없잖습니까?"

"단독범이 아니라면⋯⋯!"

비량공이 위화랑 쪽으로 고개를 돌리자, 아시공의 시선도 따라 움직였다.

"지금, 누구를 의심하는 겁니까!"

"준정의 낙마 원인도 아직 밝혀지지 않았습니다!"

위화랑이 언짢은 듯 미간을 찌푸리고는 매서운 눈빛으로 한 명씩 차례로 흘겼다. 험악해지는 분위기에, 재빨리 융취공이 무마하려 들었다.

"흐흠, 확실한 것은 증거와 증언이 모두 가야의 왕자비를 가리키고 있다는 것이겠지요. 아니 그렇습니까?"

이때, 문이 벌컥 열렸다. 백제 사신관이 금띠 둘린 서찰을 들고 당당히 들어섰다. 백제왕(성왕)의 칙명이었기에 그의 앞을 막아설 자는 없었다.

"폐하께서 파발을 보내시었소! 위독하신 보과마마와 남모마마의 시신을 속히 이송하라는 폐하의 명이오. 또한, 이 사건은 백제에서 친히 진상조사를 할 것이니 가야의 왕자비를 당장 압송해 달라 하시었소."

"여기! 여기, 가야에서 파발이 왔소!"

이번엔 무력이 뛰어들었다. 무력은 숨을 고를 새 없이 가야왕(구형왕)의 서찰을 펼쳐 읽어 내려갔다.

"가희는…… 가희는 가야의 왕자비이나 죄가 있다면 엄중히 그 벌을 받아야 하는 것이 마땅한 바, 그저…… 벌이 내려지기 전에 몸이 상하여 죄인의 예를 다하지 못할까 그것이 사려될 뿐이오."

그러고는 울컥하는 감정을 억누르며 원탁 앞에 정중히 허리를 굽혔다.

"가희의 상태를 직접 돌보도록 허락해 주십시오."

다섯 공자들이 난감한 표정으로 백제 사신관의 눈치를 살피자, 무력이 사신관 앞으로 가 두 무릎을 꿇고 고개를 깊이 숙였다.

* * *

감옥에 갇힌 가희는 초주검이 되어 있었다. 옷은 갈기 갈기 찢겨 핏물이 들고, 머리는 풀어헤쳐져 산발이었다.

"가, 가희야! 가희야!"

무력의 부르짖음에 정신을 차린 가희가 창살로 기어오다시피 다가와 무력이 내미는 손을 잡았다.

"왕, 왕자마마……. 흑흑……."

가희가 흐느껴 울기 시작했다. 무력도 흐르는 눈물을 주체하지 못했다.

"괜, 괜찮은 것이냐? 조금만, 조금만 버티거라. 내 기필코 진상을 밝혀낼 것이니……."

무력이 잡은 손에 힘을 주자, 가희가 창살에 밀착하여 은밀하게 고하였다.

"왕자마마……, 이는 백제의 음모입니다. 백제가 전쟁을 일으킬 명분으로 삼기 위해 꾸민 짓이 분명합니다."

무력은 흠칫 놀라 되물었다.

"뭐라! 허면, 너를 압송하겠다는 뜻이……."

"예……."

"서둘러 너의 무고함을 밝혀야겠구나."

"그보다 가야국이 위험합니다. 어서 환궁하시어 폐하께 이 일을 알리셔야 합니다. 막강한 백제군과 군사동맹을 맺은 신라군까지 합세한다면…… 자국의 힘으로는 절대 막지 못할 것입니다."

"너를 이리 두고 어찌 가란 말이냐. 못 간다! 더구나 곧 백제로 압송될 수도 있는데……."

가희가 말을 끊었다.

"마마, 저는 무고하니 괜찮을 것입니다."

애써 덤덤한 척, 차분한 어조로 무력을 설득했다.

"아니, 아니된다! 나는 너를 두고 갈 수 없느니라."

무력은 고개를 격하게 저었다.

"마마……. 어서 가셔야 합니다. 마마의 백성들이 위험합니다."

가희의 애절한 간청이 계속되자, 무력이 시선을 떨구고 한숨을 깊게 내쉬더니 천천히 고개를 들었다.

"허면, 내 너의 무고함을 밝힐 때까지 버티겠노라 약조하여라."

가희가 고개를 끄덕였다. 무력과 마주한 눈동자엔 눈물이 고이고, 애써 올린 입가는 파르르 떨렸다.

"예…… 마마……."

가희가 고개를 끄덕였다.

＊＊＊

그 시각, 이사부는 지소의 처소를 찾았다.

탁자 앞에 앉은 이사부가 펼쳐진 지도에 시선을 고정한 채로 물었다.

"마마께서…… 벌이신 일입니까?"

나지막이 떨리는 음성이 일의 심각성을 대변했다. 지소는 그가 무엇에 대해 묻고자 하는지 단번에 알아차렸다. 지소가 시선을 피했다.

"준정원화의 낙마 사건은요? 그것도 마마께서 하신 일입니까?"

지소는 말이 없었다.

"어쩌자고, 어쩌자고 그러셨습니까? '원화'의 병사들 때문입니까?"

이사부는 남모와 준정 두 원화가 거느린 병사들을 분산, 해제시킬 목적으로 그녀들을 제거하려던 것은 지극히 무모한 행동이라 여겼다. 더구나 남모원화의 존재는 백제와의 혼인동맹[16]으로 맺은 결실이기에 그 일이 더더

---

16) 원종(법흥왕)이 백제 동성왕의 딸인 보과공주를 맞이함으로써 맺은 동맹을 말한다.

욱 심각했다.

이사부가 흥분을 누르지 못하고 자리에서 일어났다.

"이는 삼국의 전쟁으로 번질 수 있는 불씨가 될 수도 있어요. 백제가 신라를 가만두지 않을 거란 말입니다! 왕손의 시대가 피의 전쟁으로 시작되길 바라십니까?"

지소가 자리에서 일어나 알 수 없는 표정으로 천천히 다가와 이사부 뒤에 섰다.

"아니요. 그리되진 않을 겁니다."

그리고 양손을 그의 어깨에 올려 의자에 앉히고서, 두 팔을 앞으로 스윽 미끄러지듯 내려 등에 업히듯 바싹 안겨 귓가에 대고 속삭였다.

"가야 세력을 가져야 한다 하지 않으셨습니까? 무혈복속이 되어야 한다 하지 않으셨습니까?"

"손자의 병법서에 이르기를, 최상의 승리는 모략을 이용하는 '벌모(伐謀)' 라 하였지요."

그리고는, 한팔을 뻗어 지도 위에 놓인 가야 말을 잡아, 신라 땅에 탁! 놓았다.

순간, 이사부는 등골이 오싹했다. 그녀가 무엇을 확신하는 것인지, 몇 수 앞을 내다보는 것인지는 알 수 없었으나, 전율이 끼치는 예언임에는 틀림이 없었다.

"가야의 무력왕자마마 오셨습니다."

문밖 나인이 고하자, 이사부는 황급히 지도를 치웠다. 지소가 옷매무새를 고치는데, 무력이 피폐한 몰골로 황급히 들어왔다. 그는 곧장 지소에게 한 무릎을 꿇고 고개를 숙였다.

"마마…… 도와주십시오."

지소는 살짝 놀라는 척 했다가 눈을 내리깔았다.

"마마께옵서는 알고 계시잖습니까. 비는 마마의 부탁으로 남모원화를 모시고……."

무력의 말이 끝나기 전이었다.

"지금! 누구를 모함하시는 겝니까?"

무력이 당황하여 고개를 더 깊이 숙였다.

"그, 그런 뜻이 아니오라……. 송구합니다. 마마."

"내 왕자의 뜻은 알겠으나, 명백한 물증과 증언이 나온 이상……."

지소가 보란 듯이 고개를 격하게 가로저었다.

"저로써도 어찌할 도리가 없습니다."

지소가 말을 마치자 무력은 다시 무릎을 꿇고 앉더니

머리에 두른 띠를 풀어 바닥에 깔고, 품에서 단검을 꺼내어 거침없이 자신의 중지 손가락을 베었다.

"어, 어찌 이러십니까……."

지소가 급히 말렸으나, 무력은 손가락에서 주르륵 흐르는 피로 글자 '충심'(忠心)을 써 내려갔다.

"마마께옵서 증인으로 나서주신다면, 이 한목숨 다하는 그날까지 마마의 충신이 되겠습니다."

무력이 두 손으로 혈서를 받쳐 들었다. 지소는 망설이는 척 잠시 뜸을 들이다가 입을 떼었다.

"허나 압송을 막진 못할 겁니다. 서둘러 진범을 잡아 그 목을 백제로 보낸다면……."

"마마께서 베풀어주신 하해와 같은 은혜, 반드시 목숨으로 갚겠습니다!"

무력이 바닥에 납작 엎드려 혈서를 더 높이 받쳐 올렸다. 지소의 입가에 미소가 번졌다.

"일어나세요, 왕자마마."

이를 지켜보던 이사부는 좀 전 지소의 예언이 허언이 아니었음을 감지했다. 그는 다시금 온몸이 써늘해지는 전율을 느꼈다.

9. 화랑도 창립과 가야의 복속

신라와 백제의 국경, 관산성(지금의 충북 옥천) 근처 협곡

백제 사신단 행렬이 좁은 계곡 안으로 줄지어 들어갔다. 군사들이 보과의 마차를 호위하며 경계를 늦추지 않았다. 그 뒤로 남모의 시신을 태운 수레 끝에 달린 밧줄을 포박된 양손으로 잡은 가희가 맨발로 끌려가고 있었다. 호위관이 마차 옆으로 와선 협곡을 지나면 백제 땅이라고 고하였다. 보과는 대답 없이 그저 눈물만 흘릴 뿐이었다.

행렬의 끝이 계곡의 마지막 굽이를 돌 때였다. 어디선가 훅-! 날아온 독침이 가희의 뒷목에 꽂혔다. 가희는 쓰러진 채로 수레에 질질 끌려갔다.

잠시 뒤, 계곡 위에서 몸을 낮추고 있던 자객이 휘파람으로 말을 불러 타더니 바람처럼 사라졌다. 그의 뒷모습은 영락없는 운풍이었다.

* * *

신라 궁

귀신이라도 나올 법한 텅 빈 남모의 처소에 어린 나인이 홀로 남았다. 그녀는 툇마루 밑에 숨어 잠이 들었다가, 깊은 밤이 되어서야 기어 나왔다.

짐을 주섬주섬 싸다가 눈시울이 붉어졌다. 원통하게 죽은 주인 생각이 난 것이다.

'아니요……. 독을 탄 자리끼를 가져다 놓으라 하신 분은, 바로 공주마마셨잖습니까…….'

결국, 울음이 터지고야 말았다.

남모가 죽기 전날 밤, 지소의 처소나인이 그녀를 찾아왔었다. 약봉지를 내밀며 발설하면 쥐도 새도 모르게 죽임을 당할 것이라고 협박을 했던 것이다.

자신이 주인을 죽인 거나 진배없다는 자책감과 누명을 뒤집어 쓴 가야 왕자비에 대한 죄스러움이 물밀 듯이 밀려왔다. 하지만 그 누구도 어린 나인의 말을 믿어줄 리 없다. 한시라도 빨리 궁을 빠져나가는 수밖에.

보따리를 가슴에 품고 처소를 나서려는데, 갑자기 뒤에서 누군가 입을 틀어막았다. 그리고 칼끝이 몸통을 관통했다. 한순간의 일이었다.

어린 나인은 결국 자신을 살뜰히 아껴주던 주인의 뒤를 따라가고 말았다.

＊ ＊ ＊

날이 바뀌었다.

지소의 명으로 '육성'(마복칠성 중, 원종을 제외한 6명)과 대신들이 대전으로 모여들었다.

모두 무슨 영문인지 몰라 어리둥절해하고 있을 때,

"죄인을 들이라!"

병사들이 여인을 끌고 와 단상 앞에 무릎 꿇렸다.

그녀는 온갖 고문의 흔적으로 참혹한 모습이었다.

"죄인은 고개를 들라!"

김 내관의 명에 여인이 고개를 들었다. 준정의 처소나인이었다. 단상 위에 선 지소가 혀를 차며 시선을 돌렸다.

"자백한 사실을 낱낱이 고하여라. 고통 없이 죽여줄수도 있음이야."

"예…… 마마. 준, 준정원화님께서 격구대회 패배에 원한을 품고……, 모두 준정원화님께서 시키신 일입니다. 제가 남모원화님의 침소에 숨어 있다가 자리끼에 독을 탔습니다."

모두 경악하여 입을 다물지 못했다. 시선이 위화랑에게 쏠렸다. 위화랑은 당혹감을 주체할 수 없었다.

'준정이 그럴 리 없다. 이는 음모다!'

하는 순간, 명이 떨어졌다.

"당장 준정을 추포하라! 또한, 배후세력이 있을 것이니이 일에 연루되었을지 모를 자들도 모두 잡아들이라!"

지소가 위화랑을 매섭게 노려보며, 손끝으로 그를 지목했다.

"그 누구도 예외는 없을 것이다! 추포하라!"

명이 떨어지기가 무섭게 병사들이 우르르 위화랑에게 달려들었다.

"놓아라! 무엄하다!"

위화랑은 몸부림을 치며 지소에게 달려오며,

"마마…… 공주마마…… 억울합니다……. 이는 음모입니다!"

목청 높여 외치다가 병사들에게 양팔이 들려 끌려나갔다.

* * *

매서운 채찍소리와 살이 찢겨 지르는 비명소리가 옥중에 울려 퍼졌다.

기절한 준정에게 쫘-악! 물이 끼얹어졌다.

"분명 배후가 있을 것이다! 순순히 토해낼 때까지 고문을 멈추지 마라!"

그리고 채찍과 비명이 다시 이어졌다.

위화랑은 두 손으로 귀를 막았다. 하지만 살려 달라 울부짖는 비명은 참아내기 어려웠다. 두려움은 공포로 바

꿰고 정신은 점점 혼미해져 갔다.

그때, 누군가 창살 앞으로 다가왔다.

"위화랑…… 위공……."

부르는 소리에 고개를 들자. 지소의 위엄 있는 모습이 보였다.

"고신을 버티시지 못할 겁니다. 차라리 죽여 달라 애원하실 거예요."

위화랑은 괴로운 듯 고개를 흔들었다.

"제가 돕겠습니다. 면책을 약속드리지요. 공의 결백함을 충성맹세로 증명해주세요."

지소 옆에 선 나인이 지필묵이 들은 보자기를 창살 안으로 밀어 넣었다. 위화랑은 그제야 모든 것이 지소의 계략이었다는 것을 알아차렸다. 진위 여부를 따질 것도 없었다.

'준정을 낙마시키고, 승리한 남모를 죽이고, 그 범인으로 가야 왕자비를 지목하여 무력왕자를 손에 넣은 다음, 다시 준정과…….'

"마마이셨습니까?"

눈을 부릅떠 올려봤다. 지소는 위엄 있는 모습으로 위

화랑을 내려 보며 냉소적인 어조로 말을 이었다.

"시간이 없습니다. 비대군의 안위도 생각하셔야지요."

그때, 운풍이 옥진을 대령했다.

"아, 아버님……."

옥진은 창살을 잡고 울먹이며 비대군이 인질로 잡혀 있다는 사실을 고하였다. 위화랑은 선택의 여지가 없었다.

"눈물을 거두세요. 옥체 상하십니다. 이 애비가 알아서 할 터이니……."

옥 밖으로 끌려 나온 그녀는 위화랑을 향해 큰절을 올리고서, 지소에게 매달렸다,

"궁을 떠나 비대군과 죽은 듯이 살겠습니다. 부디 아버님을 살려주십시오."

지소는 차갑게 돌아서며 운풍에게 명하였다.

"비대군에게 데려다주어라."

* * *

궁문이 열렸다.

거적으로 대충 덮은 머리들이 수레에 실려 나왔다. 무

장한 병사들은 핏물이 뚝뚝 떨어지는 수레를 끌고 백제로 향했다.

곧이어 준정과 나인들의 몸뚱이가 기둥에 매달렸다. 백성들이 기둥 앞으로 모여들었다. 비명 지르는 아이의 눈을 가린 여인들, 입을 벌린 채 얼어붙은 이들, 가족인 듯 보이는 자들은 눈이 뒤집혀 쓰러졌다.

까마귀 떼가 공중을 빙빙 돌며 '까악 까아악' 울어댔다. 망루에 지소가 나와 섰다. 그녀의 양옆으로 이사부와 위화랑, 그 뒤로 병사들이 줄지어 섰다. 지소의 눈짓에 이사부가 앞으로 나와 교지를 펼쳐 읽기 시작했다.

"남모원화의 죽음은 준정원화의 투기로 인한 살인사건으로 밝혀졌으며, 이 같은 일이 다시는 일어나지 않도록 '원화제'를 폐할 것이다. 또한, 위화랑은 준정의 꼬임에 넘어가 원화직을 내리는 실수를 범하였으나, 극악무도한 준정의 죄를 낱낱이 밝혀내어 큰 공을 세운 바, 그의 이름을 딴 '화랑'을 뽑아 병사들을 이끌게 하고 그들의 수장을 '풍월주'라 하여 위화랑으로 임명한다."

백성들이 잠시 웅성이다가 "풍월주 만세! 위화랑 만세! 공주마마 만세!"라고 외치기 시작했다. 소식을 듣고

달려온 비량공과 아시공은 위화랑에게 비단옷을 걸쳐주
며 연신 고개를 숙였다

"형님께서 수장이 되셨어요. 이런 경사스런 일이 또
어디 있겠습니까."

"형님, 감축 드립니다!"

위화랑은 결코 기뻐할 수 없었다. 딸과 손자를 손에 쥔
지소의 족쇄라는 걸 잘 알고 있기에……

백성들 사이를 뚫고 지나가는 허름한 마차의 창문이
열렸다. 옥진이 망루를 향해 고개를 숙였다.

＊ ＊ ＊

무력왕자가 가야로 떠난 지 보름이 되었을 때. 원종(법
흥왕)이 흥륜사에서 나와 대전 상좌에 올랐다. 지소와 이
사부, 위화랑, 비량공, 아시공, 수지공, 융취공까지 여섯
공자들, 그리고 대신들도 모두 예를 갖추어 기다렸다.

"가야국의 구형왕이시옵니다!"

구형왕과 계화왕후, 무력왕자 그리고 각종 보물들을
짊어진 시중들이 대전 문턱을 넘어서 들어오자, 원종이

단상 아래로 내려왔다.

"먼길 오시느라 얼마나 수고가 많으셨습니까."

구형왕과 계화왕후, 무력이 원종(법흥왕)에게 머리를 숙였다.

"이리 반겨주시니…… 성은이 망극할 따름입니다."

"성은이 망극하옵니다. 폐하."

원종은 지체없이 이사부에게 교지를 읽으라고 명하였다.

"대 신라국은 가야국을 형제로 맞이하여 하나의 나라가 되었음을 선포하노라. 또한, 가야의 구형왕을 대 신라국의 재상으로 봉하고, 가야의 영토를 식읍(공을 세운 신하게 내리는 토지와 백성)으로 내릴 것이니 그의 왕족들과 본거지로 돌아가 백성들을 살피도록 하라."

"성은이 하해와 같사옵니다. 폐하."

구형왕이 허리를 깊이 숙여 절하였다. 말인즉, 속국이 되었다는 선포였다. '대 신라 통일제국' 건설을 위한 첫 단계, 가야의 '무혈복속'이 이뤄진 것이다. 그뿐이 아니었다.

무력이 원종 앞에 한 무릎을 꿇고 머리를 숙였다.

"신, 가야의 왕자, 무력, 대 신라국의 충신으로 남겠습니다. 부디 윤허해 주소서. 폐하."

원종이 당황하며 구형왕의 뜻을 살폈다.

"부족한 왕자를 받아주신다면, 더없는 영광일 것입니다."

"아, 예. 그럼 그리하세요. 이리 늠름하신 왕자께서 신라에 남아주신다면 얼마나 든든하겠습니까. 하하하……."

원종 뒤에 선 지소가 무력과 눈이 마주쳐 흐뭇한 미소를 지었다. 이때, 다급하게 뛰어 들어온 김내관이 심상치 않은 표정으로 원종에게 다가오는데, 궁녀들의 비명소리가 들렸다. 준정의 머리를 싣고 백제로 갔던 병사들이 돌아온 것이다.

대전 앞에 대령한 수레에는 거적에 덮인 시신 한 구가 누워 있었다. 원종이 거적을 젖혀 시신을 확인하는데, 가희다! 순간, 처절한 절규가 터져 나왔다. 자식을 잃은 어머니의 울부짖음이었다. 계화왕후는 갓난아이였던 가희를 금지옥엽 딸처럼 키워 친자식인 아들과 짝을 맺어 준 장본인이었다. 통탄을 금치 못하고 혼절하는 그녀를 구형왕이 떠받쳐 안았다.

무력은 수레 틀을 잡고 얼이 나간 사람처럼 입을 다물지 못하고 섰다가, 시신을 조심히 끌어내어 머리를 쓰다듬으며 오열을 쏟아내었다.

'내 너를 두고 갈 수 없다 하지 않았느냐. 너의 무고함을 밝힐 때까지 버티겠노라 약조하지 않았느냐. 어찌 이런 모습으로 돌아온단 말이냐, 내 절대 윤허할 수 없다. 일어나거라, 가희야, 집으로 가자.'

이를 지켜보던 이사부가 주위를 둘러봤다. 지소가 없다.

'공주마마. 이리하셨어야 했습니까.'

이사부는 연회 다음날 아침 무력왕자와 긴밀히 양국 간의 동맹을 추진하려 했었다. 하지만 지소가 한발 빨랐다. 결과적으로 가야를 신라의 속국으로 만든 지략은 감탄스럽기 그지없었으나, 그는 거침없는 지소의 행보가 염려스러웠다.

지소는 차마 주검이 되어 돌아온 가희를 볼 수 없었다. 처소로 돌아온 지소는 숨겨놨던 목걸이를 꺼내 들었다. 어렸을 적, 눈 속에서 찾은 바로 그 옥패 '비익조' 문양의 반쪽이 분명했다. 연회장에서 가희의 목걸이를 줍던 그 순간부터 그녀는 이미 알고 있었다.

"언니……, 미안합니다. 저를 원망하세요. 모든 죗값은 제가 짊어지고 갈 것입니다……."

장지문 뒤에 숨죽이고 선 운풍이 그녀의 흐느낌에 괴로운 듯 고개를 숙였다.

10. 동맹을 끊어버리는, 벌교(伐交)

서기 540년. 진흥왕 원년.

삼맥종이 일곱 살 되던 해, 입종(갈문왕)이 병마를 이겨내지 못하고 승하하였다.

문무백관들 사이로 면류관을 쓴 어린 삼맥종이 지나가자, 모두가 "천세! 천세! 천천세!"를 외치며 새로운 왕의 등극을 알렸다. 이로써, 왕좌 뒤에 발을 치고 앉은 지소는 왕태후가 되어 섭정의 시대를 맞이했다.

* * *

그녀의 명을 받은 이사부가 무력의 처소를 찾았다.

"가야왕자 무력은 태후마마께서 하사하시는 보검을 받으시오!"

"성, 성은이 망극하옵니다. 마마……."

무력이 두 무릎을 꿇고 검을 받들었다.

"백제 성왕의 목은 자네 것일세. 내가 돕겠네."

무력은 칼끝을 세우며 가희의 죽음 앞에서 맹세한 복수의 결의를 다졌다.

지소가 대장군 이사부에게 내린 명은, 무력과 함께 동맹국 백제를 이용하여 고구려로 진격하라는 것이었다. 목표는 한성[17]이었다. 이는 이사부가 삼맥종(진흥왕)에게 힘이 되어주기로 약조하던 날 밤, '대 신라 통일제국' 지도를 그리며 세운 전략 중, 두 번째 행보에 해당된다.

손자의 병법서에 의하면, 싸우지 않고 적을 굴복시키는 것이 최상의 전략으로 그 상책은 벌모(伐謀), 차선은 벌교(其次), 그 다음이 벌병(伐兵)과 공성(攻城)이라 하였다.

지소는 '벌모'를 통해 두 원화와 결탁된 위화랑, 수지공의 위협을 제거함과 동시에 가야를 손에 넣었고, 그다음으로 '벌교'를 통해 가야를 등에 업고 동맹국 백제를

---

17) 지금의 서울. 서기475년 고구려 장수왕의 침공으로 함락되고 백제 21대 왕(개로왕)이 전사했다. 이후 백제는 웅진(지금의 공주)으로 천도하였다.

이용하였다가 동맹을 끊어 고립시키는 전략을 쓰려는 것이다.

[손자병법 모공(謀攻)편]

벌모(伐謀)	계략(상대방의 의도)을 공격하는 것
벌교(其次)	상대방의 주변을 끊어서 고립시키는 것
벌병(伐兵)	직접 공격해 이기는 것
공성(攻城)	성을 공격하는 것

서기 554년 정월.

지소의 명으로 이사부와 무력이 함께 전장을 누빈 지 14년이 되는 해였다.

한성 땅이 보이는 남동부 벌판에 진을 쳤다. 살을 에는 듯한 강추위가 연일 계속되었다. 하지만 기다렸다. 성안에 갇힌 적군도 동장군이 무섭긴 매한가지다. 더구나 한수(지금의 한강)가 꽝꽝 얼어 뱃길을 이용한 군사 물자와 식량 보급, 병력 지원도 어려울 것이다. 아군의 출혈은 감내해야 했다. 동상으로 수백의 군사가 목숨을 잃어 갔다. 남서부 백제 진영도 상황은 같았다. 기다림에 지친 군사들의 사기는 바닥을 치고 있었다.

그때, 원군이 당도했다. 백제 왕자 창(성왕의 아들)이 직접 공성(攻城) 무기들을 앞세워 3만의 원군과 함께 합류했다. 드디어 진격을 알리는 뿔나팔이 양 진영에서 울렸다.

이제껏 함락시킨 수많은 영토와 성들을 공평히 나눠가진 신라와 백제였으나, 두 나라 모두 이번 전쟁에 임하는 자세는 사뭇 달랐다.

백제군 진영의 선봉에 선 창왕자가 검을 번쩍 위로 쳐들었다.

"백제 군사들이여! 나는 오늘 기필코 한성을 수복하여 백제의 한을 풀 것이다. 나와 함께 하겠는가!"

서기 475년, 고구려 장수왕의 침공으로 백제의 수도 한성(지금의 서울 풍납동 일대로 추정)이 함락되고, 개로왕이 전사한 사건이 있었다. 이후 남쪽 웅진으로 천도하여 한성백제 500년의 역사가 막을 내렸던 것이다.

신라군 진영에서 대장군 이사부와 무력이 함께 검을

높이 쳐들었다.

"대 신라의 군사들이여! 그대들은 모두 영웅으로 기억될 것이다! 한수를 넘어 대 신라 통일 제국을 건설하자!"

양 진영에서 군사들의 함성이 동시에 울려 퍼졌다. 수십 만의 군사들이 북소리에 맞춰 돌진하기 시작했다. 성문 앞에 방어진을 치고 대기 중이던 고구려 군사들이 일제히 활시위를 당겼다. 하지만 반대편 동서, 양 방향에서 날아오는 수천 개의 화살이 하늘을 시꺼멓게 뒤덮었다. 빗발치는 화살에 고구려 군사들이 픽픽, 픽 쓰러졌다.

"대, 대열을 유지하라! 물러서지……."

뽑은 칼을 휘둘러보지도 못하고 쓰러진 지휘관 모습에 도망치던 고구려의 군사들은 굳게 닫힌 성문 앞에서 벌집이 되어 쓰러졌다.

신라군의 충차가 성문을 부수기 시작했다. 성벽에 사다리가 놓였다. 군사들이 오르는데 돌덩이와 끓는 물이 쏟아졌다. 군사들은 비명을 지르며 추풍낙엽처럼 뚝뚝 떨어졌다.

이때, 투석기를 앞세운 백제군이 도착했다. 불덩이가 쉭! 쉭! 성안으로 날아가고 군사들은 다시 사다리를 타고 개미떼처럼 성벽을 올랐다.

　화염에 휩싸인 벌건 하늘이 점차 어두워지고 다시 새벽 동이 틀 무렵, 충차가 성문을 뚫었다. 신라군과 백제군은 너나 할 것 없이 켜켜이 쌓인 시신을 밟고 성안으로 밀고 들어갔다[18].

＊ ＊ ＊

　피 튀기는 육탄전은 또다시 밤이 되어서야 끝이 났다. 성안에 울려 퍼진 승리의 함성은 잠시뿐이었다. 아군과 적군의 시신이 한데 엉켜 산을 이룬 광경에 모두가 숙연해졌다.

　살아남은 군사들 대부분은 크고 작은 부상을 입은 상태였다. 그들에게 치료 대신 포상으로 술이 보급되었다.

　성안 곳곳에 널브러져 술에 취한 군사들 중, 백제군 한 무리가 웅성거렸다.

　"신라가 한성을 그냥 넘겼단 말이지?"

---

18) 역사상, 서기 551년 신라와 백제의 연합군이 한성과 한수(한강)일대를 차지했다. 이야기 속에서는 관산성 전투에서 백제 성왕이 전사한 사건과 같은 해인 554년으로 설정했다.

"그렇다니까, 군말 않고 물러가더라고."

백제의 군사들이 주위를 둘러봤다. 신라군이 보이지 않았다. 수상쩍게 여겼으나 일개 병사들이 왈가왈부 할 일은 아니었다.

백제 왕자 창도 참모들과 자축의 잔을 들었다.

"이참에 파죽지세로 몰아 평양성(고구려의 수도)까지 돌진하시지요."

"예, 왕자마마. 아직 싸울 수 있습니다."

부관들의 사기는 하늘을 찔렀다.

"신라군이 돌변하기라도 하면요. 한성을 잃을 수도 있습니다."

책사는 신중해야 함을 강조하였다. 참모들은 제각기 목소리를 높여 의견이 분분하였다.

"하하하! 신라가 120년간 유지해온 동맹(433년에 맺은 나제동맹)을 깰 리가 있겠는가."

중재에 나선 창이 자리에서 일어나 잔을 높이 들었다.

"한성의 밝은 달이 우리의 자축을 빛내주고 있네. 축배를 드시게나."

"대 백제국을 위하여!"

창의 선창에 모두 함께 외치고 잔을 비우는데, 이때 군사가 황급히 뛰어 들어왔다.

"마마! 신라군이⋯⋯."

순간, '와ㅡ!' 하는 함성이 들렸다. 신라군의 기습이었다.

"왕자마마, 어서 피하십시오!"

"내가 시간을 벌어보겠네, 어서, 어서 모시고 가게!"

부관들은 책사에게 창의 호위를 부탁하고 칼을 뽑아들었다.

"이쪽입니다! 왕자마마!"

책사가 뒷문을 열고 기다리는데, 창이 발걸음이 떨어지지 않았다.

"곧 뒤따라가겠습니다. 어서 가십시오!"

부관들이 의미심장한 표정으로 창에게 일제히 묵례를 올렸다. 그 순간, 이사부와 신라군들이 들이닥쳤다. 격렬한 칼부림에 부관들이 하나, 둘 쓰러져갔다.

"이쪽이다! 뒤를 쫓아라!"

이사부의 명에 신라군들이 뒷문으로 향했다. 다행히 창과 책사가 성을 빠져나간 후였다.

'대 신라 통일제국' 대지도 위에서 가야 말을 등에 업고 백제 말과 함께 한성까지 올라간 신라의 말이 백제 말을 쳐서 쓰러뜨린 순간이었다. 적의 동맹, 즉 자국 신라와의 동맹을 끊어 백제를 고립시키는 전략이었다.

＊ ＊ ＊

신라와 백제의 국경, 관산성 근처 협곡

20년 전, 가야의 왕자비 가희가 억울한 누명을 쓰고 백제로 끌려가다가 죽임을 당한 바로 이곳으로 백제의 왕이 오고 있었다.

왕자의 공을 치하하기 위해 한성으로 향하는 성왕은 그곳의 사정을 알 리 없었다. 그는 50여 명의 군사들만 대동하였다. 안개가 자욱하게 깔린 좁은 계곡으로 군사 행렬이 들어섰다. 성왕은 부관 둘과 경계태세 없이 담소를 나누었다.

"이리로 마중 나온다 했는가?"

"예, 폐하. 이사부가 직접 오지 않고 다른 이를 보낸다 들었습니다."

"가야의 무력왕자가 올 것입니다. 그자가 이번 한성 탈환에 가장 공이 컸다 하옵니다."

"폐하, 공이 큰 거로 따지면야, 왕자마마의 공이 우선일 것이옵니다."

"아암, 그렇고말고, 하하하! 나의 아들 창이 한성에 맺힌 한을 풀지 않았는가. 개로선대왕폐하의 신주를 한성에 모실 수 있게 되다니…… 참으로 장하지 않은가. 하하하!"

그 순간, 계곡 위 벼랑 끝에서 수백 개의 바윗덩이가 굴러 떨어졌다. 말들은 이리저리 날뛰기 시작했다.

"복병입니다!"

성왕과 부관들이 말고삐를 당기며 어쩔 줄 몰라 하는데, 매복해 있던 신라군이 함성을 지르며 반대편 계곡 입구에 나타났다.

"폐하를, 폐하를 보호하라!"

백제 군사들이 성왕을 에워쌌다. 하지만 역부족이었다. 오도가도 못하게 갇혀버린 백제군은 방어태세를 갖추기도 전에 신라군의 칼에 쓰러져갔다.

전멸한 군사들 사이로 끌려 나온 성왕이 무력 앞에 무

릎 꿇려졌다. 시퍼렇게 날선 칼끝이 그의 목을 겨누었다.

"가희에게 바치노라!"

무력은 가차 없이 베어버린 성왕의 머리를 들고 분노에 찬 탄성을 내질렀다. 붉은 석양빛이 내리는 계곡으로 까마귀 떼가 몰려들었다.

11. 눈꽃 속에 묻히는 진실

신라 월성

"대장군 이사부 만세!"

"영웅 무력왕자 만세!"

백성들의 환호 속에 신라군의 행렬이 궁으로 향했다.

둥둥둥둥……!

북소리에 궁인들이 모여들었다. 문무백관들도 기다렸다는 듯이 두 손을 높이 들어 승리의 만세를 외쳤다.

이사부와 무력은 당당히 대전 문턱을 넘어 단상 앞으로 걸어갔다.

"신, 이사부!",

"신, 무력, 폐하께 백제 성왕의 수급을 바칩니다!"

이사부와 무력이 한 무릎을 꿇었다.

붉은 보자기에 싸인 상자가 삼맥종(진흥왕)에게 올려졌다.

상자를 열어본 삼맥종이 움찔! 놀라 오른편 뒤를 돌아봤다. 반쯤 쳐진 발 뒤에서 지소태후의 근엄한 음성이 울렸다.

"애쓰셨소, 대장군."

"그리고 무력왕자, 그대의 공을 치하하여 대 신라국의 각간(신라의 17관등 중 최고 관위)으로 임명하노라."

"성은이 망극하옵니다! 태후마마."

"성은이 망극하옵니다! 폐하."

이사부와 무력이 머리를 깊이 숙였다.

* * *

신라 궁

그날 밤, 지소가 삼맥종을 처소로 불렀다.

"이 어미는 이제 그만 쉬고 싶습니다."

"어마마마, 어인 말씀이시옵니까?"

삼맥종이 머리를 바닥에 조아렸다.

"어마마마 불충한 소자를 꾸짖어 주소서."

"아닙니다, 아니에요."

지소는 단호했다.

"허면, 어디 불편하신 데라도 있으십니까?"

삼맥종이 고개를 들자, 지소가 대답 대신 미소를 지으며 고개를 가로저었다.

"어마마마……."

삼맥종이 다시 고개를 숙이려 하자, 지소가 언성을 높였다.

"고개를 드세요! 폐하."

지엄한 어머니의 명이었다. 삼맥종은 고개를 들었다.

"명심하세요! 천하의 주인은 폐하이십니다."

"예……. 어마마마……."

삼맥종의 눈가에 눈물이 맺혔다.

"밤이 깊었으니 이제 그만 물러가세요."

지소가 시선을 피해 돌아앉자, 삼맥종이 자리에서 일

어나 허리 굽혀 절하고 뒷걸음질로 몇 걸음, 돌아서 나
갔다.

"운풍, 거기 있느냐?"

장지문 뒤에서 대기 중이던 운풍이 지소 앞으로 와 고
개를 숙였다.

"명하십시오!"

"운풍, 자네도 이제 음지에서 나와 자유로이 떠나도록
하게."

운풍이 놀란 표정으로 지소를 응시했다. 그녀는 그간의
고마움을 표하듯 환한 미소를 지으며 고개를 끄덕였다.

"마지막 명일세."

"그, 그 명은 받들 수……."

말을 잇지 못한 운풍이 두 무릎을 꿇고 바닥에 머리를
조아렸다,

"송구하옵니다, 마마……. 마마께선 그림자가 있는 뒤
를 돌아보지 마옵소서. 제가 있다는 것조차 알지 못하실
것이옵니다."

지소의 짧은 한숨과 함께 운풍은 일순간에 사라졌다.

$$* * *$$

그로부터 1년 후,

영웅이 된 가야 왕자 무력과 병권을 쥔 대장군 이사부에게 각각 지소의 서찰이 전해졌다.

무력왕자 보시오.

그간 신라를 위해 목숨을 아끼지 않고 충성을 바친 그대의 공을 높이 사는 바이오. 백제 성왕의 목을 친 일 또한, 비단 왕자 개인의 복수심이 아닌, 대 신라국에 대한 깊은 충정임을 내 알기에 고민 없이 이 사실을 알려주려 하오.

20년 전, 가야 왕자비의 억울한 죽음에 대해 가슴으로 안타깝게 여기고 있던 터에 진범의 단서를 찾게 되었소. 그자가 왕자비의 목걸이를 가지고 있을 것이오.

서찰을 받아든 무력은 주체할 수 없는 분노가 치밀었다. 무력은 검을 뽑아 들고 그 즉시, 지소가 알려준 장소로 달려갔다.

대장군 보시오.

그토록 기다리시던 연화 언니의 소식입니다.

언니의 반쪽 옥패 목걸이를 보았다는 자를 찾았습니다.

대나무 숲으로 가시면, 그자가 기다리고 있을 것입니다.

이사부의 두 손이 바르르 떨렸다.

'살, 살아 있는 것이냐……. 연화야…….'

수십 년간 단 한순간도 잊은 적 없던 연화였다. 서찰 위로 뜨거운 눈물이 뚝뚝 떨어졌다.

* * *

우거진 대나무 잎들이 바람에 흔들려 휘파람 소리를 냈다.

무력이 등 뒤에서 인기척을 느꼈다. 단숨에 휘두른 검 끝이 상대의 목젖에 닿았다. 이사부였다.

"무력! 자네가 왜 이곳에……?"

"대장군!"

놀라긴 무력도 마찬가지였다. 당황한 그가 이사부에게 묵례하고 검을 거두는 찰나, 목걸이가 눈에 띄었다. 무력은 순간 혼란과 충격에 휩싸였다. 이사부가 차고 있는 그것은, 분명 가희의 것이었다!

'가희의 목걸이를 가진 자, 그자가 바로…… 숱한 전장에서 생사고비를 함께 했던…….'

무력의 눈에 핏대가 서렸다. 그는 미친 사람처럼 흥분하며 검을 휘두르기 시작했다. 이사부는 영문도 모르는 채 대나무 뒤로 몸을 피했다. 대나무가 쪼개졌다!

"대, 대체 왜 이러는겐가?"

당황한 이사부의 물음에 무력은 더욱 광분하여 달려들었다. 쪼개지는 대나무 사이로 비친 날선 눈빛에 살기가 느껴졌다.

"하늘이 두렵지도 않느냐! 그동안 수없이 나를 비웃었겠구나!"

휘두른 검 끝이 이사부 목을 스윽 스치면서, 차고 있던 목걸이가 떨어지는 것을 무력이 낚아챘다. 목의 피를 확인한 이사부는 검을 뽑아들었다

그런데 그때, "가희야……!"

목걸이를 움켜쥔 무력의 울부짖음이었다.

'가희? 가희가…… 바로 연화의……?'

이사부의 검을 쥔 손에 힘이 빠졌다. 그 순간, 무력이 찌른 검이 이사부의 가슴을 관통하여 몸이 그대로 대나무에 박혔다.

희미해지는 시야에 검무를 추던 가희의 모습이 나타났다. 몸짓, 눈빛, 손끝……. 연화를 빼다박은 모습이었다. 이사부의 심장이 저려왔다.

하늘에서 눈이 내리기 시작했다.

42년 전, 드넓은 평원을 달리던 그날도 눈이 내렸었다. 함께 말을 달리며 '백년해로' 하자며 맺은 언약이 떠올랐다.

"촌부의 아내로 살겠습니다. 더는 바랄 것이 없습니다."

"땅에서는 연리지로, 하늘에선 비익조가 되겠소……."

허공으로 뻗은 손이 힘없이 툭! 떨어지더니, 감은 눈에서 피눈물이 흘러내렸다. 무력은 하늘을 올려보며 통탄의 오열을 쏟아냈다.

＊ ＊ ＊

위화랑 보시오.

20년 전, 공께서 쓰신 충성맹세를 잊지 않으셨겠지요.

대 신라국의 존망과 폐하의 안위가 달린 사안이니 은밀히 신중을 기하여 처리해 주셔야 합니다.

증거로 무력이 차고 있는 목걸이를 가져오세요.

진흥왕 16년(서기 555년) 정월 초하루. 신라 영흥사

지소는 떨리는 손으로 반쪽 옥패 두 개를 맞춰 보았다. 마당에 소복이 내려앉은 눈꽃을 바라보는 그녀의 주름진 눈가에 눈물이 흘러내렸다.

"지소야!"

열아홉 살의 이사부다. 심장이 두근거린다.

"예서 뭐하고 있는 것이야? 이리 눈까지 맞아가며……."

"눈, 눈꽃이요, 눈꽃 구경하고 있었어요."

"눈꽃?"

"눈꽃이라…… 그렇구나, 온통 세상이 새하얀 눈꽃에 파묻혔구나. 하하하."

"공자님은요?"

"나? 난…… 옥패를 잃어버렸지 뭐냐. 분명 이 근처 어딘가에서 떨어뜨린 것 같은데…… 눈에 덮여 찾을 수가 없구나."

"공자님 옥패예요?"

"어찌 생겼는데요?"

"문양 말이냐?"

이사부가 눈 바닥 위에 손가락으로 '비익조' 문양을 그리기 시작한다.

"이리 생긴 새도 있나요?"

"이건 '비익조'라는 전설의 새란다. 눈과 날개가 하나씩이라서 암수 한 쌍이 꼭 함께여야만 날 수 있지……."

이사부가 지소의 손을 잡아 자신의 손과 합쳐 새 모양을 만들어 날개를 퍼덕퍼덕 움직인다.

"이렇게……, 이렇게 말이다. 하하하."

*

붉은 동이 터 올랐다.

무력이 놓고 간 보검 위로 눈꽃이 녹아내려 핏자국이 옅어졌다. 지소는 눈물을 닦았다.

'어차피 사라질 진실 따윈 이 어미가 짊어지고 갈 것입니다. 허나 나의 아들은, 내 아들이 그리고 그의 아들이 또 그 후대의 아들이 천하의 주인이 될 것입니다.'

돌아선 그녀 뒤로, 여명이 내린 새하얀 뜰 안이 반짝였다.

에필로그

지소태후는 진흥왕이 540년 7세로 즉위하여 성인이
될 때까지 섭정하였으며. 진흥왕은 576년까지 재위하
였다.

지소태후의 섭정 당시 한강 하류를 둘러보며 세운 북
한산비(진흥왕 순수비)는 현 국보 제 3호이다.

서기 676년 11월.

이사부가 지소태후에게 통일제국 건설 지도를 바친 지
143년 후, 당나라와의 전쟁을 마지막으로 '대 신라 통일
제국'이 완성되었다.

역사 속으로

☆ 법흥왕의 출가배경

법흥왕(지소의 부친)은 말년에 출가하여 '법운'이라는 법명을 사용하였다.《삼국사기》,《삼국유사》

역사적 배경

4대째 '적통 장자세습'으로 이어지던 내물왕계 신라왕조가 소지왕대에서 직계손이 끊긴다. 소지왕은 마복자 일곱 명을 양자(마복칠성)로 들이고, 그중 원종(후에 법흥왕)을 딸 보도와 혼인시켜 원종의 부친, 지대로(지증왕, 소지왕의 6촌 동생)가 왕위를 계승한다.

이야기 속에서

'칠성' 중 누구 하나 북두성이 될 시에는 왕실에 피바람이 몰아칠 것이라는 신탁의 저주로 인하여 원종 대신 그의 부친이 지대로(지증왕)가 왕위를 잇지만, 악몽과 알 수 없는 지병을 앓다가 죽음을 맞이하고, 뒤를 이은 원종(법흥왕)은 부인과 큰딸을 잃고 밤낮으로 불안과 악몽에 시달리다 급기야 출가를 결심하게 된다.

☆ 마복칠성

소지왕(비처왕)의 마복자[19] 7명(원종(법흥왕), 이사부, 위화랑, 융취공, 수지공, 비량공, 아시공을 일컫는 말이다. -《화랑세기》1세 위화랑 조

☆ 유일한 진골정통, 지소

진골정통은 왕후를 배출하는 인통으로, 미추대왕(262년~284년)이 '후세에 옥모의 인통이 아니면 왕후로 삼지 말라'한 이래 생겨났다.

당시, 유일한 진골정통 지소(법흥왕의 딸)가 숙부, 입

---

[19] 마복자(摩腹子): 임신한 여자가 보다 높은 지위의 사람을 섬겨 낳은 아들

종(법흥왕의 동생)의 씨로 삼맥종(진흥왕)을 낳았다고 기록되어 있다. (이야기 속에는, 진흥왕의 친부를 이사부로 가정하였다.)

☆ 금관가야, 신라로 무혈복속되다
법흥왕 19년(532년), 금관국의 구형왕이 신라에 항복하고, 법흥왕은 상등(재상)의 직위와 금관국을 식읍으로 내어준다. (이야기 속에는, 진흥왕의 탄생 해(534년)와 같은 해로 가정하였다.)

☆ 원화제 폐지 및 화랑도 창립
원화제: 화랑도의 전신. 젊은 인재를 키우고자 청년들을 모아 훈련하는 제도로 수장을 여성 '원화'로 뽑아 무리 3~400여 명을 이끌게 하였다.
'남모와 준정' 두 원화 간의 투기 및 살인사건으로 인해 폐지되었고, 지소태후가 국정을 맡자, 화랑을 설치해 위화랑을 풍월주로 삼았다. '화랑'은 법흥왕의 총애를 받은 위화랑(魏花郞)의 이름에서 유래한다.

☆ 지소태후의 섭정 기간

진흥왕 원년(540): 즉위 당시 7살이던 어린 진흥왕(삼맥
　　종)이 성인이 될 때까지 지소태후가 섭정을 통해
　　실질적인 왕권을 행사하였다.

진흥왕 2년(541): 이사부를 (최초)병부령으로 삼고 중앙
　　과 지방의 군사 일을 맡겼다.

진흥왕 14년(553): 금관국의 왕자 김무력은 이사부를
　　도와 백제와 연합하여 고구려의 한강 일대를 차
　　지하고 난 후, 백제의 점령지를 탈취하여 한성,
　　신주(新州)의 군주가 되었다. 이로써 120년간 이
　　어온 백제와 신라의 동맹(433년 나제동맹)이 매
　　듭지어졌다.

진흥왕 15년(554): 김무력이 신라를 도와 관산성(지금
　　의 충북 옥천)에서 백제 성왕을 죽이는 공을 세
　　우고 그 뒤, 각간(최고 관등)에 오르는데, 이 사
　　람이 바로 김유신의 조부이다.

진흥왕 16년(555) 북한산에 순행하여 강역을 획정한 일
　　이 있었다. (북한산순수비: 현 국보 제3호, 당시
　　건립 추정.)

☆ 진흥왕순수비

진흥왕(재위. 540~576년)이 세운, 서울 북한산 비봉 정상의 북한산비. 경남 화왕산의 창녕비. 함경도 장진군의 황초령비, 함경도 이원군의 마운령비 등은 진흥대왕의 찬란한 업적을 대변해 주고 있으며, 이중 북한산비는 지소태후 섭정 기간에 세운 것으로 추정된다.

역사 자료 출처 및 활용 사이트

《삼국사기》,《삼국유사》,《화랑세기》

국사편찬위원회-한국사 데이터 베이스
(http://db.history.go.kr)

한국학중앙연구원-한국민족문화대백과
(http://encykorea.aks.ac.kr)

한국콘텐츠진흥원-문화콘텐츠닷컴
(http://www.culturecontent.com)

《손자병법》

중국 전국시대 한나라《주역》음양이론 인용.

《동국이상국집》제 17권 태후전 춘첩자 발췌인용.

작가의 말

베일에 가려진 1,500년 전의 비밀 속으로……

위대한 진흥왕의 탄생 비화

지소태후의 치열한 궁중 암투극

지소태후는 진흥왕이 7세로 즉위하여 성인이 될 때까지 섭정한 인물이다. 섭정 당시 세운 북한산비(진흥왕순수비)는 현 국보 제3호이다. 우리나라 고대 역사상 가장 찬란했던 신라제국 탄생의 기반을 닦은 진흥왕시대. 그 중심에 있었던 왕의 어머니, 지소태후 이야기를 통해 **1,500년 전 역사 속에 묻힌 비밀을 파헤쳐보고자 한다.**

왕(법흥왕)이 궁을 버리고 불가로 들어가는 일이 벌어

진다. 만일 법흥왕이 출가를 결심했을 당시, '지소공주가 복중에 아이를 가지고 있었다면……' 에서 시작된 이야기이다. **불가로 내쫓길 운명에서 아들을 지키기 위한 지소의 사활을 건 암투극이 펼쳐진다.**

신라의 두 원화 남모와 준정 간의 살인사건에 휘말리는 가야 왕실, 삼국의 전쟁 불씨가 될지 모를 일촉즉발의 상황에서 신라로 복속되는 가야, 신라의 주축세력 제거를 위한 원화제 폐지와 가야 유입을 통한 화랑도 창립, 그리고 통일신라제국 건설을 향한 대장군 이사부의 행보. **이 모든 사건의 주역, 지소태후! 그녀의 마지막 선택은?**

당대의 인물들인 신라 장군 이사부, 화랑도의 수장 1대 풍월주 위화랑, 신라의 통일대업에 앞장섰던 김유신의 조부이자 가야의 마지막 왕자 무력 등이 재조명 될 것이며, '신라로의 무혈복속' 뒤에 숨겨진 1,500년 가야사의 비밀을 들여다보는 재미 또한 느낄 수 있을 것이다.

가혹한 운명과 절대 타협하지 않는 지소의 강인한 삶을 통해 카타르시스를 선사하고, 통일제국의 기반을 다지는 과정을 보여줌으로써 한반도 통일 염원을 기리는 계기가 되기를 기대하며, 특히 '임나일본부설', 한반도 가야(임나任那)에 일본부 기관을 두어 지배했다는 심각한 왜곡에 대해 역사서《삼국사기》,《삼국유사》등을 기반으로 한 스토리를 통해 한국 고대사의 복원 및 전 세계에 한국의 찬란한 역사를 알릴 수 있는 발판이 되기를 희망한다.

찬란한 제국

초판 1쇄 | 2023년 11월 29일

지은이 | 박영옥
디자인 | S-design
편   집 | 박일구
펴낸이 | 강완구
펴낸곳 | 써네스트
출판등록 | 2005년 7월 13일 제2017-000293호
주 소 | 서울시 마포구 망원로 94, 203호
전 화 | 02-332-9384   팩 스 | 0303-0006-9384
이메일 | sunestbooks@yahoo.co.kr
I S B N 979-11-90631-79-2 03810 값 11,000원